捧 读 文 化
触及身心的阅读

我想停下来，
听听那风看看那云

女子阅世之美

周国平
等著

北京燕山出版社
BEIJING YANSHAN PRESS

图书在版编目（CIP）数据

我想停下来，听听那风看看那云：女子阅世之美 /
周国平等著.-- 北京：北京燕山出版社，2020.5
　　ISBN 978-7-5402-4829-1

　　Ⅰ.①我… Ⅱ.①周… Ⅲ.①短篇小说－小说集－中
国－现代②短篇小说－小说集－中国－当代③散文集－中
国－现代④散文集－中国－当代 Ⅳ.①I217.1

中国版本图书馆CIP数据核字(2020)第111356号

我想停下来，听听那风看看那云：女子阅世之美

作　　者：周国平　等
责任编辑：王月佳
装帧设计：仙境设计
出版发行：北京燕山出版社
社　　址：北京市丰台区东铁匠营苇子坑138号C座
电　　话：010-65240430
印　　刷：天津创先河普业印刷有限公司
开　　本：880mm×1240mm 1/32
字　　数：140千字
印　　张：9.5
版　　次：2021年1月第1版
印　　次：2021年1月第1次印刷
定　　价：48.00元

凡例

　　《我想停下来，听听那风看看那云》收录了从民国到当代12位名家关于人生充满真情和哲思的散文、小说等。由于时代的变迁，书中某些字词的运用已经不符合现今读者的阅读习惯，部分遣词造句方式也与今日不同，内容上有前后不统一的现象，标点符号的运用与现行的规范也有一定区别。

　　因此，我们在参照权威版本的基础上，一方面尽量保持原作的风貌，未作大的改动；另一方面也根据现代阅读习惯及汉语规范，对原版行文明显不妥处酌情勘误、修订，从标点到字句再到格式等，都制定了一个相对严谨的校正标准与流程。

　　除有出处的引文保持原文外，具体操作遵从以下凡例：

　　一、标点审校，尤其是引号、分号、书名号、破折号等的使用，均按照现代汉语规范进行修改。但为尊重作家的语感和习惯，顿号和逗号的用法没有作严格的区分。

　　二、原版中的异体字，均改为现代通用简体字。

　　三、民国时期的通用字，均按现代汉语规范进行语境区分。如："的""地""得""底"酌情改为"的""地""得"，

"那"酌情改为"哪"，"么"酌情改为"吗"等。

四、词语发生变迁的，均以现代汉语标准用法统一修订，如："甚么"改"什么"、"惟一"改"唯一"、"发见"改"发现"、"想像"改"想象"等。

五、外文书名、篇名均改为斜体。

六、引文部分用楷体、上下空行，左右向内缩进二个字符，以与正文区别。

七、酌情补注，简短为宜，注释方式为篇后注。注释如无特别说明，均为编者注。

八、书中各篇标题、落款、注释等编辑元素统一设计处理（包括字体、字号、间距等设计元素）。

限于水平，难免有谬误之处，还望读者海涵。

作家名录

（按出生日期排序）

鲁迅（1881.9.25—1936.10.19）：原名周樟寿，后改名周树人，字豫才，绍兴府会稽县(今浙江省绍兴市绍兴县)人。其主要成就包括杂文、短中篇小说、文学、思想和社会评论、古代典籍校勘与翻译等。他原本就读于日本仙台医学专门学校，后弃医从文，成为著名作家和民主战士。其主要代表作品有《阿Q正传》《伪自由书》《热风》等。

庐隐（1898.5.4—1934.5.13）：原名黄淑仪，又名黄英，福建省闽侯县南屿乡人，与冰心、林徽因并称为"福州三大才女"。庐隐的文学风格深受文学研究会的影响，强调"为人生"，作品表现了底层人民生活的苦难，提倡人道主义的"善"和"同情"。"五四运动"前期，庐隐的作品主要是"社会问题小说"，后期则是"心理问题小说"。其主要代表作品有《海滨故人》《象牙戒指》《地上的乐园》等。

朱自清（1898.11.22—1948.8.12）：原名自华，号秋实，中国近代散文家、诗人、学者、民主战士。朱自清在北大学习期间，积极参加"五四运动"和平民教育讲演团；1919年，开始发表诗歌，其诗作清新明快，在诗坛上凸显了自己的特色；1922年，他与俞平伯等人创办《诗》月刊，积极参加新文学运动；1925年，开始研究中国古典文学，创作则以散文为主。其主要代表作品有《毁灭》《背影》《春》《欧游杂记》等。

老舍（1899.2.3—1966.8.24）：原名舒庆春，字舍予，北京满族正红旗人，中国现代作家、语言大师，第一位"人民艺术家"称号获得者。他于1921年在《海外新声》上发表《她的失败》，这是迄今为止发现的老舍的最早的一篇作品；1926年，他在《小说月报》上连载长篇小说《老张的哲学》。其主要代表作品有《骆驼祥子》《四世同堂》《茶馆》等。

冰心（1900.10.5—1999.2.28）：本名谢婉莹，福建省福州市长乐人，中国现代女作家，晚年被尊称为"文坛祖母"。代表作有《繁星·春水》《寄小读者》。

石评梅（1902.9.20—1928.9.30）：原名汝璧，山西省平定县人，中国近现代女作家、革命活动家，"民国四大才女"之一。石评梅在念书期间，就展现了对文学创作的热爱，曾在《晨报副刊》连载长篇游记《模糊的余影》，并编辑了《京报副刊·妇女周刊》与《世界日报副刊·蔷薇周刊》。她一生创作了许多作品，以诗歌见长，有"北京著名女诗人"之誉。其主要代表作品有《红鬃马》《匹马嘶风录》《涛语》等。

陆小曼（1903.11.7—1965.4.3)：名眉，别名小眉，小龙，笔名冷香人，蛮姑，江苏常州人，徐志摩之妻子。近代画家，师从刘海粟、陈半丁、贺天健等名家，晚年被吸收为上海中国画院专业画师。精通英文和法文，曾被北洋政府聘为外交部翻译官。她擅长戏剧，尤谙昆曲，曾与徐志摩合作创作五幕话剧《卞昆冈》。

林徽因（1904.6.10—1955.4.1）：原名林徽音，中国著名建筑师、诗人，民国初年女子地位提升的代表人物之一。青年时期在诗歌、小说、散文、话剧等领域均有著作，时人称为"才女"，而后专攻建筑。代表作有诗歌《你是人间四月天》《九十九度中》《窗子以外》等。

缪崇群（1907—1945.1.18）：笔名终一，江苏省六合县人。缪崇群才华横溢，在小说以及散文领域，著作颇丰，也曾翻译《现代日本小品文》。他的散文关注小人物的悲喜，清新淡雅，极富诗情画意。他的代表作有《晞露集》《寄健康人》等。

陆蠡（1908—1942.4）：原名陆考源，字圣泉，笔名陆蠡，另有笔名陆敏、卢蠡、大角等，中国现代散文家和翻译家，曾翻译《鲁滨孙漂流记》《寓言诗》《希腊神话》等。陆蠡的散文凝炼质朴，富有秀美的韵味，代表作有《海星》《竹刀》（后改名《山溪集》）与《囚绿记》。

萧红（1911.6.1—1942.1.22）：本名张廼莹，笔名萧红、悄吟、田娣、玲玲，黑龙江省呼兰县（今哈尔滨市呼兰区）人，民国时期著名女作家。萧红一生流离坎坷，却能以悲悯的胸怀关注人的生存境遇，作品情感基调悲喜交杂，语言风格、写作视角和行文结构独树一帜，代表作为《生死场》《呼兰河传》。

周国平（1945-）当代著名学者、作家、哲学家，毕业于中国社会科学院研究生院哲学系。中国社会科学院哲学研究所研究员，中国当代著名学者、作家、哲学研究者，是中国研究哲学家尼采的著名学者之一。

目 录

卷 二　　深深的情，浅浅地诉

卷一

长长的路，慢慢地走

小苹

石评梅

　　五月九号的夜里，我由晕迷的病中醒来，翻身向窗低低地叫你；那时我辨不清是些谁们，总有三四个人围拢来，用惊喜的目光看着我。当时，并未感到你不在，只觉着我的呼声发出后，回应只渺茫地归于沉寂。

　　十号清晨，夜梦归来，红霞映着朝日的光辉，穿透碧纱窗帷射到我的脸上，感到温暖的舒适；芷给我煎了药拿进来时，我问她："小苹呢？"她踟蹰了半天，才由抽屉里拿出一封信给我。拆开看完，才知道你已经在七号的夜里，离开北京——离开我走了。

　　当时我并未感到什么，只抬起头望着芷笑了笑。吃完药，她给我掩好绒单，向我耳畔低低说："你好好静养，下课后我来陪伴你，晚上新月社演戏，我不愿意去了。你睡吧，醒来时我就坐在你床边了。"她轻拿上书，披上围巾，向我笑了笑，掩上门出去了。

她走后不到十分钟，这小屋沉寂得像深夜墟墓般阴森，耳畔手表的声音，因为静默了，仿佛如塔尖银钟那样清悠，雪白的帐子，被微风飘拂着似乎在动，这时感到宇宙的空寂，感到四周的凄静，一种冷涩的威严，逼得我蜷伏在病榻上低低地哭了！没有母亲的抚爱，也无朋友的慰藉，无聊中我想到小时候，怀中抱着的猫奴，和足底跳跃的小狗，但现在我也无权求它们来解慰我。

水波上无意中飘游的浮萍，逢到零落的花瓣，刹那间聚了，刹那间散了，本不必感离情的凄惘；况且我们在这空虚无一物可取的人间，曾于最短时间内，展开了心幕，当春残花落，星烂月明的时候，我们手相携，头相依，在天涯一角，同声低诉着自己的命运而凄楚呢！只有我们听懂孤雁的哀鸣，只有我们听懂夜莺的悲歌，也只有你了解我，我知道你。

自从你由学校辞职，来到我这里后，才能在夜深联床，低语往事中，了解了你在世界上的可怜和空虚。原来你纵有明媚的故乡，不能归去，虽有完满的家庭，也不能驻栖；此后萍踪浪迹，漂泊何处，小苹！我为你感到了地球之冷酷。

你窈窕的情影，虽像晚霞一样，渐渐模糊地隐退了，但是使我想着的，依然不能忘掉；使我感着永久隐痛的，更是因你走后，才感到深沉。记得你来我处那天，搬进你那简单的行装，随后你同我惨惨地一笑！说："波微！此后我向哪里去呢？"就是那天夜里，我由梦中醒来，依稀听到你在啜泣，我问你时，你硬赖我是做梦。

一个黄昏，我已经病在床上两天了，不住地呻吟着，你低着头在地下转来转去地踱着，自然，不幸的你更加心情杂乱，神思不定为了我的病。当时我寻不出一句相当的话来解慰你，解慰自己，只觉着一颗心，渐渐感到寒颤，感到冷寂。苹！我不敢想下去了，我感到的，自然你更觉得深刻些。所以，我病了后，我常顾虑着，心头的凄酸，眉峰的郁结，怕憔悴瘦削的你肩载不起。

但真未想到你未到天津，就病在路上了！

你现在究竟要到哪里去？

从前我相信地球上只有母亲的爱是真爱，是纯洁而不求代价的爱，爱自己的儿女，同时也爱别人的儿女。如今，我才发现了人类的褊狭，忌恨，惨杀毒害了别人的儿女，始可为自己的儿女们谋到福利，表示笃爱。可怜的苹！因之，你带着由继母臂下逃逸的小弟弟，向着无穷遥远，陌生无亲的世界中，挣扎着去危机四伏的人海中漂流去了。上帝呵！你保佑他们，一对孤苦无人怜的姊弟们到哪里去？

有时我在病榻上跃起来大呼着："不如意的世界要我们自己的力量去粉碎！"自然生命一日不停止，我们的奋斗不能休息。但有时，我又懦弱地想到死，为远避这些烦恼痛苦，渴望着有一个如意的解决。不过，你为了扶植弱小的弟弟，尚且不忍以死卸责，我有年高的双亲，自然不能在他们的抚爱下自求解脱。为了别人牺牲自己，也是上帝的聪明，令人们一个一个系恋着不能自由的好处。

你相信人是不可加以爱怜的，你在无意中施舍了的，常使别人在灵魂中永远浸没着不忘。我自你走了之后，梦中常萦绕着你那幽静的丰神，不管黄昏或深宵，你憔悴的倩影，总是飘浮在眼底。有时由恐怖之梦中醒来，我常喊着你的名字，希望你答应我，或即刻递给我一杯茶水，但遭了无声息的拒绝后，才知道你已抛弃下我走了。这种变态的情形，不愿说我是爱你，我是正在病床上僵卧着想你吧！不知夜深人静，你在漂泊的船上，也依稀忆到恍如梦境般，有个曾被你抛弃的朋友。

我的病现已见好，她们说再有两礼拜可以出门了。我也乐得在此密织神秘的病神网底，如疲倦的旅客，倚伏在绿荫下求暂时的憩息。昨天我已能扶着床走几步了；等她们走了不监视我时，我还偷偷给母亲写了几个字，我骗她说我忙得很，所以这许久未写信给她；但至如今我还担心着，因为母亲看见我倾斜颠倒的字迹，或者要疑心呢！

前一礼拜，天辛来看我，他说不久要离开北京，为了一个心的平静，那个心应当悄悄地走了。今天清晨我接到他由天津寄给我的一张画，是一片森林夹着一道清溪，树上地上都铺着一层雪，森林后是一抹红霞，照着雪地，照着森林。后面写着：

I have cast the world

And think means nothing

Yet I feel cold on snow-falling day

And happy on flower day

我常盼我的隐恨，能如水晶屏一样，令人清白了然；或者像一枝红烛，摇曳在晦暗的帏底，使人感到光亮，这种自己不幸，同时又令别人不幸的事，使我愤怨诅咒上帝之不仁至永久，至无穷。

病以后，我大概可以变了性情，你也不必念着我，相信我是始终至死，不毁灭我的信仰，将来命运的悲怆，已是难免的灾患，好吧！我已经静静地等候着有那么一天，我闭着眼听一个玛瑙杯碎在岩石上的声音。

今天是星期一，她们都很忙，所以我能写这样长信，从上午九点，写到下午三点，分了几次写，自然是前后杂乱，颠倒无章，你当然只要知道我在天之涯，尚健全地能挥毫如意地写信给你，已感到欣慰了吧！

这次看到西湖时，还忆得仙霞岭捡红叶的人吗？

母亲

石评梅

母亲！这是我离开你，第五次度中秋，在这异乡——在这愁人的异乡。

我不忍告诉你，我凄酸独立在枯池旁的心境，我更不忍问你团圆宴上偷咽清泪的情况。

我深深地知道：系念着漂泊天涯的我，只有母亲；然而同时感到凄楚黯然，对月挥泪，梦魂犹唤母亲的，也只有你的女儿！

节前许久未接到你的信，我知道你并未忘记中秋；你不写的缘故，我知道了，只为了规避你心幕底的悲哀。月儿的清光，揭露了的，是我们枕上的泪痕；她不能揭露的，却是我们一丝一缕的离恨！

我本不应将这凄楚的秋心寄给母亲，重伤母亲的心；但是与其这颗心，悬在秋风吹黄的柳梢，沉在败荷残茎的湖心，最好还是寄给母亲。假使我不愿留这墨痕，在归梦的枕上，我将轻轻地读给母亲。假使我怕别人听到，我将折柳枝，蘸湖水，写给月儿，请月儿在母亲的眼里映出这一片秋心。

挹清嫂很早告诉我，她说：

"妈妈这些时为了你不在家怕谈中秋，然而你的顽皮小侄女昆林，偏是天天牵着妈妈的衣角，盼到中秋。我正在愁着，当家宴团圆时，我如何安慰妈妈？更怎能安慰千里外凝眸故乡的妹妹？我望着月儿一度一度圆，然而我们的家宴从未曾一次团圆。"

自从读了这封信，我心里就隐隐地种下恐怖，我怕到月圆，和母亲一样了。但是她已慢慢地来临，纵然我不愿撕月份牌，然而月儿已一天一天圆了！

十四的下午，我拿着一个月的薪水，由会计室出来，走到我办公处时，我的泪已滴在那一卷钞票上。母亲！不是为了我整天的工作，工资微少，不是为了债主多，我的钱对付不了，不是为了发的迟，不能买点异乡月饼，献给母亲尝尝，博你一声微笑。只因——为了这一卷钞票我才流落在北京，不能在故乡，在母亲的膝下，大嚼母亲赐给的果品。然而，我不是为了钱离开母亲，我更不是为了钱弃故乡。

你不是曾这样说吗，母亲：

"你是我的女儿，同时你也是上帝的女儿，为了上帝你应该去爱别人，去帮助别人。去吧！潜心探求你所不知道的，勤恳工作你所能尽力的。去吧！离开我，然而你却在上帝的怀里。"

因之，我离开你漂泊到这里。我整天地工作，当夜晚休息时，揭开帐门，看见你慈爱的相片时，我跪在地下，低低告诉你：

"妈妈！我一天又完了。然而我只有忏悔和惭愧！我莫有捡得什么，同时我也未曾给人什么！"

有时我胜利地微笑，有时我痛恨地大哭，但是我仍这样工作，这样每天告诉你。

这卷钞票我如今非常爱惜，她曾滴满了我的思亲泪！但是我想到母亲的叮咛时，我很不安，我无颜望着这重大的报酬。

因此，我更想着母亲——我更对不起遥远的山城里，常默祝我尽职的母亲！

十五那天早晨很早就醒了，然而我总不愿起来；母亲，你能猜到我为了什么吗？

林家弟妹，都在院里唱月儿圆，在他们欢呼高亢的歌声里，激荡起我潜伏已久的心波，揭现了心幕底沉默的悲哀。我悄悄地咽着泪，揭开帐门走下床来；打开我的头发，我一丝一丝理着，像整理烦乱一团的心丝。母亲！我故意慢慢地迟延，两点钟过去了，我成功了的是很松乱的鬓。

小弟弟走进来，给我看他的新衣裳，女仆走进来望着我拜节，我都付之一笑。这笑里映出我小时候的情形，映出我们家里今天的情形；母亲！你们春风沉醉的团圆宴上，怎堪想想寄人篱下的游子！

我想写信，不能执笔；我想看书，不辨字迹；我想织手工，我想抄心经；但是都不能。我后来想拿下墙上的洞箫，把我这不宁的心绪吹出；不过既非深宵，又非月夜，哪是吹箫的时节！后来我想最好是翻书箱，一件一件拿出，一本一本放回，这样挨过了半天，到了吃午餐时候。

不晓得怎样，在这里住了一年的旅客，今天特别局促起来，举箸时，我的心颤跳得更厉害；不知是否，母亲你正在念着我？一杯红滟滟的葡萄酒，放在我面前，我不能饮下去，我想家里的团圆宴上少了我，这里的团圆宴上却多了我。虽然人生旅途，到处是家，不过为了你，我才眷恋着故乡；母怀是我永久倚凭的柱梁，也是我破碎灵魂，最终归宿的坟墓。

母亲！你原谅我吧！当我情感流露时，允许我说几句我心里要说的话，你不要迷信不吉祥而阻止，或者责怪我。

我吃饭时候，眼角边看见炉香绕成个卍字，我忽然想到你跪在观音面前烧香的样子，你唯一祷告的一定是我在外边"身体康健，一切平安"！母亲！我已看见你龙钟的身体，慈笑的面孔；这时候我连饭带泪一块儿咽下去。干咳了一声，他们都用怜悯的目光望我，我不由地低下头，觉着脸有点烧了。

母亲！这是我很少见的羞涩。

林家妹妹，和昆林一样大；她叫我"大姊姊"；今天吃饭时，我屡次偷看她，不晓得为什么因为她，我又想起围绕你膝下，安慰欢愉你的侄女。惭愧！你枉有偌大的女儿；母亲！你枉有偌大的女儿！

吃完饭，晶清打电话约我去万牲园。这是我第一次去看她们创造成功的学校：地址虽不大，然而结构却很别致，虽不能及石驸马大街富丽的红楼，但似乎仍不失小家碧玉的居处。

因此，我深深地感到了她们缔造艰难的苦衷了！

清很凄清，因她本有几分愁，如今又带了几分孝，在一棵垂柳下，转出来低低唤了一声"波微"时，我不禁笑了，笑她是这般娇小！

我们聚集了八个人，八个人都是和我一样离开了母亲，和我一样在万里外漂泊，和我一样压着凄哀，强作欢笑地度这中秋节。

母亲！她们家里的母亲，也和你想我一样想着她们；她们也正如我一般眷怀着母亲。

我们飘零的游子能凑合着在天涯一角勉为欢笑，然而你们做母亲的，连凑合团聚，互谈谈你们心思的机会都没有。

因之，我想着母亲们的悲哀一定比女孩儿们的深沉！

我们缘着倾斜乱石，摇摇欲坠的城墙走，枯干一片，不见一株垂柳绿荫。砖缝里偶而有几朵小紫花，也没有西山上的那样令人注目，我想着这世界已是被人摒弃了的。

一路走着，她们在前边，我和清留在后边。我们谈了许多去年今日，去年此时的情景；并不曾令我怎样悲悼，我只低低念着：

惊节序，

叹沉浮，

秾华如梦水东流；

人间何事堪惆怅，

莫向横塘问旧游。

走到西直门，我们才雇好车。这条路前几月我曾走过，如今令我最惆怅的，便是找不到那一片翠绿的稻田，和那吹人醺醉的惠风；只感到一阵阵冷清。

进了门，清低低叹了口气，我问："为什么事你叹息？"她没有答应我。多少不相识的游人从我身旁过去，我想着天涯漂泊者的滋味，沉默地站在桥头。这时，清握着我手说：

"想什么？我已由万里外归来。"

母亲！你当为了她伤心，可怜她无父无母的孤儿，单身独影漂泊在这北京城；如今歧路徘徊，她应该向哪处去呢？纵然她已从万里外归来，我固然好友相逢，感到快愉。但是她呢？她只有对着黄昏晚霞，低低唤她死了的母亲；只有望着皎月繁星洒几点悲悼父亲的酸泪！

猴子为了食欲，做出种种媚人的把戏，栏外的人也用了极少的诱惑，逗着它的动作；而且在每人的脸上，都轻泛着一层胜利的微笑，似乎表示他们是聪明的人类。

我和清都感到茫然，到底怎样是生存竞争的工具呢？当我们笑着小猴子的时候，我觉着似乎猴子也正在窃笑着我们。

她们许多人都回头望着我们微笑，我不知道为了什么！琼妹忍不住了。她说：

"你看梅花小鹿！"

我笑了，她们也笑了；清很注意地看着栏里。琼妹过去推她说：

"最好你进去陪着她，直到月圆时候。"

母亲！梅花小鹿的故事，是今夏我坐在葡萄架下告诉过你的；当你想到时，一定要拿起你案上那只泥做的梅花小鹿，看着它是否依然无恙；母亲！这是我永远留着它伴着你的。

经过了眠鸥桥，一池清水里，漂浮着几个白鹅；我望着碧清的池水，感到四周围的寂静。我的心轻轻地跳了，在这样死静的小湖畔，我的心不知为什么反而这样激荡着？我寻着人们遗失了的，在我偶然来临的路上；然而却失丢了我自己竟守着的，在这偶然走过的道上。

在这小桥上，我凝望着两岸无穷的垂柳。垂柳！你应该认识我，在万千来往的游人里，只有我是曾经用心的眼注视着你，这一片秋心，曾在你的绿荫深处停留过。

天气渐渐黯淡了，阳光慢慢叫云幕罩了；我们踏着落叶，信步走向不知道的一片野地里去。过了福香桥，我们在一个小湖边的山石上坐着，清告诉我她在这里的一段故事。

四个月前清、琼、逸来到这里。过了福香桥有一个小亭，似乎是从未叫人发现过的桃源。那时正是花开得十分鲜艳的时候，逸和琼折下柳条和鲜花，给她编了一顶花冠，逸轻轻地加在她的头上。晚霞笑了，这消息已由风儿送遍园林，许多花草树林都垂头朝贺她！

她们恋恋着不肯走，然而这顶花冠又不能带出园去，只好仍请逸把它悬在柳丝上。

归来的那晚上就接到翠湖的凶耗！清走了的第二个礼拜，琼和逸又来到这里，那顶花冠依然悬在柳丝上，不过残花败柳，已憔悴得不忍再睹。这时她们猛觉得一种凄凉紧压着，不禁对着这枯萎的花冠痛哭！不愿它再受风雨的摧残，拿下来把它埋在那个小亭畔；虽然这样，但是它却造成一段绮艳的故事。

我要虔诚地谢谢上帝，清能由万里外载着那深重的愁苦归来，更能来到这里重凭吊四月前的遗迹。在这中秋，我们能团聚着；此时此景，纵然凄惨也可自豪自慰！

母亲！我不愿追想如烟如梦的过去，我更不愿希望那荒渺未卜的将来，我只尽兴尽情地快乐，让幻想的繁华都在我笑容上消灭。

母亲！我不敢欺骗你，如今我的生活确乎大大改变了，我不诅咒人生，我不悲欢人生，我只让属于我的一切事境都像闪电，都像流星。我时时刻刻这样盼着！当箭放在弦上时，我已想到我的前途了。

我们由动物园走到植物园，经过许多残茎枯荷的池塘，荒芜落叶的小径；这似我心湖一样的澄静死寂，这似我心湖边岸一样的枯憔荒凉。我在幽风堂前望着那一池枯塘，向韵姊说：

"你看那是我的心湖！"

她不能回答我，然而她却说：

"我应该向你说什么？"

我深深地了解她的心，她的心是这般凄冷。不过在这样旧境重逢时，她能不为了过去的春光惆怅吗？母亲！她是那年你曾鉴赏过她的大笔的；然而，她如椽的大笔，未必能写尽她心中的惆怅，因为她的愁恨是那样深沉难测呵！

天气阴沉得令人感着不快，每个人都低了头幻想着自己心境中的梦乡；偶然有几句极勉强的应酬话，然而不久也在沉寂的空气中消失了。

清似乎想起什么一样，站起身来领着我就走，她说："我领你到个地方去看看。"

这条道上，没有逢到一个人。缘道的铁线上都晒着些枯干的荷叶，我低着头走了几十步，猛抬头看见巍峨高耸的四座塔形的墓。荒丛中走不过去，未能进去细看；我回头望望四周的环境，我觉着不如陶然亭的寥阔而且凄静，萧森而且清爽。陶然亭的月亮，陶然亭的晚霞，陶然亭的池塘芦花，都是特别为坟墓布置的美景，在这个地方埋葬几个烈士或英雄，确是很适宜的地方。

母亲！在陶然亭芦苇池塘畔，我曾照了一张独立苍茫的小像；当你看见它时，或许因为我爱的地方，你也爱它；我常常这样希望着。

我们见了颓废倾圮，荒榛没胫的四烈士墓，真觉为了我们的先烈难过。万牲园并不是荒野废墟，实不当忍使我们的英雄遗骨，受这般冷森和凄凉！就是不为了纪念先贤，也应该注意怎样点缀风景！我知道了，这或许便是中国内政的缩影吧！

隔岸有鲜红的山楂果，夹着鲜红的枫树，望去像一片彩霞。我和清拂着柳丝慢慢走到印月桥畔；这里有一块石头，石头下是一池碧清的流水；这块石头上，还刊着几行小诗，是清四月间来此假寐过的。她是这样处处留痕迹，我呢，我愿我的痕迹，永远留在我心上，默默地留在我心上。

我走到枫树面前，树上树下，红叶铺集着。远望去像一条红毯。我想捡一片留个纪念，但是我莫有那样的勇气，未曾接触它前，我已感到凄楚了。母亲！我想到西湖紫云洞口的枫叶，我想到西山碧云寺里的枫叶；我伤心，那一片片绯红的叶子，都给我一样的悲哀。

月儿今夜被厚云遮着，出来时或许要到夜半，冷森凄寒这里不能久留了；园内的游人都已归去，徘徊在暮云暗淡的道上的只有我们。

远远望见西直门的城楼时，我想当城圈里明灯辉煌、欢笑歌唱的时候，城外荒野尚有我们无家的燕子，在暮云底飞去飞来。母亲！你听到时，也为我们漂泊的游儿伤心吗？

不过，怎堪再想，再想想可怜穷苦的同胞，除了悬梁投河，用死去办理解决一切生活逼迫的问题外，他们求如我们这般小姐们的呻吟而不可得。

这样佳节，给富贵人作了点缀消遣时，贫寒人却作了勒索生命的符咒。

七点钟回到学校，琼和清去买红玫瑰，芝和韵在那里料理果饼；我和侠坐在床沿上谈话。她是我们最佩服的女英雄，她曾游遍江南山水，她曾经过多少困苦；尤其令人心折的是她那娇嫩的玉腕，能飞剑取马上的头颅！我望着她那英姿潇洒的丰神，听她由上古谈到现今，由欧洲谈到亚洲。

八时半，我们已团团坐在这天涯地角、东西南北凑合成的盛宴上。月儿被云遮着，一层一层刚褪去，又飞来一块一块的絮云遮上；我想执杯对月儿痛饮，但不能践愿，我只陪她们浅浅地饮了个酒底。

我只愿今年今夜的明月照临我，我不希望明年今夜的明月照临我！假使今年此日月都不肯窥我，又哪能知明年此日我能望月！在这模糊阴暗的夜里，凄凉肃静的夜里，我已看见了此后的影事。母亲！逃躲的，自然努力去逃躲，逃躲不了的，也只好静待来临。

我想到这里，我忽然兴奋起来，我要快乐，我要及时行乐；就是这几个人的团宴，明年此夜知道还有谁在？是否烟消灰熄？是否风流云散？

母亲！这并不是不祥的谶语，我觉着过去的凄楚，早已这样告诉我。

虽然陈列满了珍馐，然而都是含着眼泪吃饭；在轻笼虹彩的两腮上，隐隐现出两道泪痕。月儿朦胧着，在这凄楚的筵上，不知是月儿愁，还是我们愁？

杯盘狼藉的宴上，已哭了不少的人；琼妹未终席便跑到床上哭了，母亲！这般小女孩，除了母亲的抚慰外，谁能解劝她们？琼和秀都伏在床上痛哭！这谜揭穿后谁都是很默然地站在床前，清的两行清泪，已悄悄地滴满襟头！她怕我难过，跑到院里去了。我跟她出来时，忽然想到亡友，他在凄凉的坟墓里，可知道人间今宵是月圆。

夜阑人静时，一轮皎月姗姗地出来；我想着应该回到我的寓所去了。到门口已是深夜，悄悄的一轮明月照着我归来。

月儿照了窗纱，照了我的头发，照了我的雪帐；这里一切连我的灵魂，整个都浸在皎清如水的月光里。我心里像怒涛涌来似的凄酸，扑到床缘，双膝跪在地下，我悄悄地哭了，在你的慈容前。

嫁衣

陆蠡

想叙说一个农家少女的故事，说她在出嫁的时候有一两百人抬的大小箱笼，被褥，瓷器，银器，锡器，木器，连水车犁耙都有一份，招摇过市的长长的行列照红了每一个女儿的眼睛，增重了每一个母亲的心事。但是很少人知道这些箱笼的下落和这少女以后的消息。她快乐么？抱着爱子么？和蔼的丈夫对她千依百顺么？我仅知道属于一个少女的一只箱笼的下落，而这故事又是不美的，我感到失望了。但是耳闻目见的确很少美丽的东西。让这故事中的真实偿补这损失吧！

假设她年已三十，离开华美出嫁的盛典有整整十个年头了。为了某种的寂寞，在一个昏黄的夜晚，擎了盏手照，上面燃着一段短烛，摸索上摇摇落落的扶梯，到被遗忘的空楼的一角。

那儿有大的蛛网张在两柱中间，白色的圆圆的壁钱东一块西一块贴满黝黑的墙壁，老鼠粪随地散着，楼板上的灰尘积得盈寸。

为了某种寂寞，她来这古楼的一角，来打开她这久年放在这里的木箱。这箱子上面盖了一层纸，纸上满是灰尘。揭开这层纸，漆色还是十分鲜艳的呢。这原是新的木箱，有幸也有不幸，放上了这寂寞的小楼便不曾被开启过，也不曾被搬动过。

箱子的木板已经褪缝，铰镍①和铜锁也锈满了青绿。箱口还斜角地贴着一对红纸方，上面写着双喜字。这是陪嫁的衣箱。自从主人无心检点旧日的衣裳，便被撇弃在冷落的楼阁与破旧的家具为伍了。

为了某种寂寞，她用一大串中的一个钥匙打开这红漆的木箱。这里面满是褶得整整齐齐的嫁时妆。她的母亲在她上轿的前夕，亲手替她装下大大小小粗粗细细的布匹和衣服，因为太满了，还费了大劲压下去，复用竹片子弹得紧紧的，然后阖上箱盖。那晚母亲把箱子里的东西一件件地重复地念给她听，而她的眼睛沉重得要打瞌睡，无心听了。现在这里是原封不动的，为了纪念母亲，不去翻动它罢，不，便是为了不使自己过分伤心；便不去翻动它罢。

在这箱子的上层，是白色的和蓝色的苎布②。那是织入了她的整个青春啊。她自从七岁便开始织苎。当她绾着总角髻随着母亲到园子里去把一根根苎麻刈下来，跟着妈妈说"若要长，还我娘"，嘻嘻哈哈地把苎叶用竹鞭打下，堆扫到刈得光秃秃的苎根株上面。

"把苎叶当作娘，岂不可笑，那地土才是它的娘啊，苎叶只是儿女罢了"，她确曾很聪明地这样想过；当她望着母亲披剥下苎的皮层，用一把半月形的刀把青绿脆硬的表皮刮去，剩下软白柔韧的丝缘，母亲的身旁堆了一大堆的麻骨，弟妹们便各人拈了一根，要母亲替他们做成钻子，真的用一根竹签做钻头，便会做成一把很好的钻子，坚实的地土便被钻得蜂窠似的了，她呢，装作大人气派说："我，大人了，我不玩这东西。"于是便拿来了一片瓦，一个两端留着节中间可以储水的竹槽，注上水；把苎打成结，浸入水里，又把它拿出来，分成细绞，放在瓦上一搓一搓，效着大人的模样，这样，她便真的学会了织苎了。

在知了唱个不停的夏天，搬了小凳到窄小的巷里，风从漏斗口似的巷口吹进来，她在左边放着一只竹篮，右边放了苎槽和剪,膝上放了瓦片,她织着织着便不知有炎夏地过了一个夏天,两个夏天,七八个夏天……等到母亲说:"再织上几两,我替你做成苎布,宽的给你裁衣,窄的给你做蚊帐,全部给你做嫁妆。"她脸微赪③了。

现在,锁在这箱里霉烂的是她织上了整个青春的苎布啊。

在冬时,她用棉筒纺成细细的纱,复把它穿进织带子的绷机的细眼里,用蓝线作经,白线作纬,她是累寸盈尺地织起带子来了。带子有窄的,有宽的,有白的,有花纹的,有有字的。她没有读书,但能够在带上织字。"长命富贵,金玉满堂"呀,"河南郡某某氏"呀,卍字呀,回文呀,还有她锦绣般的心思,都织在这带上。

"妈妈,我织了许多带子了。"她一次说。

"傻丫头,等到出嫁后,还有工夫织带子么?孩子身上的一丝一缕,都得在娘身边预备的。"

"将来的日子有带般长才好呢。"

"不,你的前途是路般长。"

"妈妈的心是路般长。"

这母亲的祝福不曾落在她的身上。她没有孩子。展在她前面的希望是带般的盘绕，带般的纡回，带般的曲折。她徒然预备了这许多给孩子用的带，要做母亲的希望却随同这带子霉腐于笥④底了。

在这箱子的底层，还有各色绣花的衣被，枕衣，孩子的花兜，披襟，和各种大小的布方。她想到绣在这上面的多少春天的晨夕，绣在这上面的多少幸福的预期，她曾用可以浮在水面上的细针逢双或逢单地数剔布绸的纹眼，把很细的丝线分成两条四条，又用在水里浸胀了的皂角肉把弄毛了的丝线擦得光滑，然后针叠针地缝上去。有时竟专心得忘了午餐或晚餐，让母亲跑来轻轻拧她的耳朵，方才把绣花绷用白绢包好，放入细致的竹篮，一面要母亲替她买这样买那样。

现在这些为了将来预备的刺绣随同她的青春霉烂于笥底了。

幸福的船像是不平衡的一叶轻舟，莽撞的乘客刚踏上船槛便翻身了。她刚刚跨上未来的希望的边缘，谁知竟是一只经不起重载的小舟呢。第一，母亲在她出嫁后不一年便病殁了。她原没有父亲。丈夫在婚后不久便出外一去不返，说是在外面积了钱，娶了漂亮的太太呢，她认不得字，也无从读到他的什么信。她为他等了一年，两年，十年了，她的希望的种子落在硗瘠⑤的岩石上，不会发芽，她的青春在出嫁时便被褶入一对对的板箱，随着悠长的日子而霉烂了。

这十载可怕的辛劳，夺去了她的健康。为要做贤慧的媳妇，来这家庭不久便换上日常的便服，和妯娌们共分井臼之劳。现在想来真是失悔。谁知自从那时后便永远不容有休息呢。在严寒的冬月，她是汗流浃背地负起沉重无情的石杵；在幽静的秋夜的月光中，为节省些膏火，借月光独自牵着喂猪的粮食。偶时想到她是成了一头驴子。团团转转地牵着永远不停的磨，她是发笑了。还有四月的麦场，五月的蚕忙，八月的稻，九月的乌桕，都是吸尽她肩上的血，消尽她颊边的肉的。原是丰满红润的姑娘呵，现在不加修饰的像一个吊死鬼。不过假如这样勤劳能得到一句公平的体恤的话，假使不至无由地横遭责骂，便这样地生活下去罢。

"闲着便会把骨头弄懒了啊！"这不公的诟声。

"闲着便会放辟逾闲啊！"这无端的侮辱。

于是在臼和磨之外又添了砻。在猪圈中添了一条猪，为要增加她的工作。

竟然养起母猪来了，那是可怕的饕餮！并且……

"你把这母猪喂饱，赶这骚猪过去啊！"

她脸一红。感到这可耻的讥刺，这无赖的毒意。她是第一次吐出怨謿⑥的声音，咒诅这不义的家庭快快灭亡罢。她开始哭了。

接着是可怕的病，那是除了出嫁了的妹妹是没有人来她的床边的。妹妹是穷的，来去都是空手，难怪这一家人看到她来谁也不站起招呼一声。母亲留下她们姊妹兄弟四人，兄弟们都各自成家，和她成了异姓，和她同枝连理的妹妹，命运是这样不同。她是富，妹妹是穷，她是单身，妹妹是儿女多累，这奇异的命运啊！但是谁也没有想到这富家媳是受这样的折磨！当时父母百般的心计是为要换得这活人的凌迟么？她呜咽了。

假如生涯是短促的话，她已过了三分之二了。假如生涯是更短促的话，哪，便在目前了，所以她挣了起来，趸上这摇摇落落的扶梯，来这空楼的一角，打开古绿的锁，检点嫁时的衣裳么？箱里有一套白麻纱的孝服，原是预备替长辈们戴孝的，现在戴的为了自己，岂不可怜。

伏在箱子的一角，眼泪潜潜地流下来。手照落在地上。不知不觉地延烧了拖垂着的衣襟，等到她觉得周身火热才惊惶地呼喊时，一股毒烟冒进了她的口鼻，便昏厥过去。

家人听见叫喊的声音跑来，拿冷水泼在她的身上，因而便不救了。假如当时用毯子裹住她，或想法撕去她的外衣，那么负伤的身至今还活着的罢。

后来据他们说是"因为她身上的不洁，冒犯了这楼居的狐仙，所以无端自焚的"。不久之前，我曾去看这荒诞无稽的古楼，楼门锁着，贴上两条交叉的红纸条。这楼中锁着我的第二房的堂姊的嫁衣。

注释：

① 本意：金属薄片。

② 苎布是明代潮汕重要的布帛之一。旧时，编织苎布是潮汕的传统手工业之一。所谓苎布就是用苎麻的茎皮纤维作原料织成的布帛。

③ 读音 chēng，浅红色的意思。

④ 读音 sì，盛饭或衣物的方形竹器。

⑤ 读音 qiāo jí，土地坚硬瘠薄，亦指瘠薄之地。

⑥ 读音 dú，意思是怨恨、诽谤、憎恶。

初冬

萧红

初冬，我走在清凉的街道上，遇见了我的弟弟。

"莹姐，你走到哪里去？"

"随便走走吧！"

"我们去吃一杯咖啡，好不好？莹姐。"

咖啡店的窗子在帘幕下挂着苍白的霜层。我把领口脱着毛的外衣搭在衣架上。

我们开始搅着杯子铃啷地响了。

"天冷了吧！并且也太孤寂了，你还是回家的好。"弟弟的眼睛是深黑色的。

我摇了头，我说：

"你们学校的篮球队近来怎么样？还活跃吗？你还是很热

心吗？"

"我掷筐掷得更进步，可惜你总也没到我们球场上来了。你这样不畅快是不行的。"

我仍搅着杯子，也许飘流久了的心情，就和离了岸的海水一般，若非遇到大风是不会翻起的。我开始弄着手帕。弟弟再向我说什么我已不去听清他，仿佛自己是沉坠在深远的幻想的井里。

我不记得咖啡怎样被我吃干了杯了。茶匙在搅着空的杯子时，弟弟说：

"再来一杯吧！"

女侍者带着欢笑一般飞起的头发来到我们桌边，她又用很响亮的脚步摇摇地走了去。

也许因为清早或天寒，再没有人走进这咖啡店。在弟弟默默看着我的时候，在我的思想宁静得玻璃一般平的时候，壁间暖气管小小嘶鸣的声音都听得到了。

"天冷了，还是回家好，心情这样不畅快，长久了是无益的。"

"怎么！"

"太坏的心情与你有什么好处呢？"

"为什么要说我的心情不好呢？"

我们又都搅着杯子。有外国人走进来，那响着嗓子的、嘴不住在说的女人，就坐在我们的近边。她离得我越近，我越嗅到她满衣的香气，那使我感到她离得我更辽远，也感到全人类离得我更辽远。也许她那安闲而幸福的态度与我一点联系也没有。

我们搅着杯子，杯子不能像起初搅得发响了。街车好像渐渐多了起来，闪在窗子上的人影，迅速而且繁多了。隔着窗子，可以听到喑哑的笑声和喑哑的踏在行人道上的鞋子的声音。

"莹姐，"弟弟的眼睛是深黑色的，"天冷了，再不能飘流下去，回家去吧！"弟弟说，"你的头发这样长了，怎么不到理发店去一次呢？"我不知道为什么被他这话所激动了。

也许要熄灭的灯火在我心中复燃起来，热力和光明鼓荡着我：

"那样的家我是不想回去的。"

"那么飘流着，就这样飘流着？"弟弟的眼睛是深黑色的。他的杯子留在左手里边，另一只手在桌面上，手心向上翻张了开来，要在空间摸索着什么似的。最后，他是捉住自己的领巾。我看着他在抖动的嘴唇：

"莹姐，我真担心你这个女浪人！"他牙齿好像更白了些，更大些，而且有力了，而且充满热情了。为热情而波动，他的嘴唇是那样的退去了颜色。并且他的全人有些近乎狂人，然而安静的，完全被热情侵占着的。

出了咖啡店，我们在结着薄碎的冰雪上面踏着脚。

初冬，早晨的红日扑着我们的头发，这样的红光使我感到欣快和寂寞。弟弟不住地在手下摇着帽子，肩头耸起了又落下了；心脏也是高了又低了。

渺小的同情者和被同情者离开了市街。

停在一个荒败的枣树园的前面时，他突然把很厚的手伸给了我，这是我们要告别了。

"我到学校去上课！"他脱开我的手，向着我相反的方向背转过去。可是走了几步，又转回来：

"莹姐，我看你还是回家的好！"

"那样的家我是不能回去的，我不愿意受和我站在两极端的父亲的豢养……"

"那么你要钱用吗？"

"不要的。"

"那么，你就这个样子吗？你瘦了！你快要生病了！你的衣服也太薄啊！"弟弟的眼睛是深黑色的，充满着祈祷和愿望。

我们又握过手，分别向不同的方向走去。

太阳在我的脸面上闪闪耀耀。仍和未遇见弟弟以前一样，我穿着街头，我无目的地走。寒风，刺着喉头，时时要发作小小的咳嗽。

弟弟留给我的是深黑色的眼睛，这在我散漫与孤独的流荡人的心板上，怎能不微温了一个时刻？

窗外的春光

庐隐

几天不曾见太阳的影子，沉闷包围了她的心。今早从梦中醒来，睁开眼，一线耀眼的阳光已映射在她红色的壁上，连忙披衣起来，走到窗前，把洒着花影的素幔拉开。前几天种的素心兰，已经开了几朵，淡绿色的瓣儿，衬了一颗朱红色的花心，风致真特别，即所谓"冰洁花丛艳小莲，红心一缕更嫣然"了。同时一股沁人心脾的幽香，喷鼻醒脑，平板的周遭，立刻涌起波动，春神的薄翼，似乎已扇动了全世界凝滞的灵魂。

说不出是喜悦，还是惆怅，但是一颗心灵涨得满满的，——莫非是满园春色关不住，——不，这连她自己都不能相信；然而仅仅是为了一些过去的眷恋，而使这颗心不能安定吧！本来人生如梦，在她过去的生活中，有多少梦影已经模糊了。就是从前曾使她惆怅过，甚至于流泪的那种情绪，现在也差不多消逝净尽。就是不曾消逝的而在她心头的意义上，也已经变了色调，那就是说从前以为严重了不得的事，现在看来，也许仅仅只是一些幼稚的可笑罢了！

兰花的清香，又是一阵浓厚地包袭过来，几只蜜蜂嗡嗡地在花旁兜着圈子，她深切地意识到，窗外已充满了春光；同时二十年前的一个梦影，从那深埋的心底复活了：

一个仅仅十零岁的孩子，为了脾气的古怪，不被家人们的了解，于是把她送到一所囚牢似的教会学校去寄宿。那学校的校长是美国人——一个五十岁的老处女，对于孩子们管得异常严厉，整月整年不许孩子走出那所筑建庄严的楼房外去。四围的环境又是异样的枯燥，院子是一片沙土地；在角落里时时可以发现被孩子们踏陷的深坑，坑里纵横着人体的骨骼，没有树也没有花，所以也永远听不见鸟儿的歌曲。

春风有时也许可怜孩子们的寂寞吧！在那洒过春雨的土地上，吹出一些青草来——有一种名叫"辣辣棍棍"的，那草根有些甜辣的味儿，孩子们常常伏在地上，寻找这种草根，放在口里细细地咀嚼；这可算是春给他们特别的恩惠了！

那个孤零的孩子，处在这种阴森冷漠的环境里，更是倔强，没有朋友，在她那小小的心灵中，虽然还不曾认识什么是世界；也不会给这个世界一个估价，不过她总觉得自己所处的这个世界，是有些乏味；她追求另一个世界。在一个春风吹得最起劲的时候，她的心也燃烧着更热烈的希冀。但是这所因牢似的学校，那一对黑漆的大门仍然严严地关着，就连从门缝看看外面的世界，也只是一个梦想。于是在下课后，她独自跑到地窖里去，那是一个更森严可怕的地方，四围是石板做的墙，房顶也是冷冰冰的大石板，走进去便有一股冷气袭上来，可是在她的心里，总觉得比那死气沉沉的校舍，多少有些神秘性吧。最能引诱她的当然还是那几扇矮小的窗子，因为窗子外就是一座花园。这一天她忽然看见窗前一丛蝴蝶兰和金钟罩，已经盛开了，这算给了她一个大诱惑。自从发现了这窗外的春光后，这个孤零的孩子，在她生命上，也开了一朵光明的花。她每天像一只猫儿般，只要有工夫，便蜷伏在那地窖的窗子上，默然地幻想着窗外神秘的世界。

　　她没有哲学家那种富有根据的想象，也没有科学家那种理智的头脑，她小小的心，只是被一种天所赋予的热情紧咬着。

她觉得自己所坐着的这个地窖，就是所谓人间吧——一切都是冷硬淡漠，而那窗子外的世界却不一样了。那里一切都是美丽的，和谐的，自由的吧！她欣羡着那外面的神秘世界，于是那小小的灵魂，每每跟着春风，一同飞翔了。她觉得自己变成一只蝴蝶，在那盛开着美丽的花丛中翱翔着，有时她觉得自己是一只小鸟，直扑天空，伏在柔软的白云间甜睡着。她整日支着颐不动不响地尽量陶醉，直到夕阳逃到山背后，大地垂下黑幕时，她才怏怏地离开那灵魂的休憩地，回到陌生的校舍里去。

她每日每日照例地到地窖里来——一直过完了整个的春天。忽然她看见蝴蝶兰残了，金钟罩也倒了头，只剩下一丛深碧的叶子，苍茂地在薰风里撼动着，那时她竟莫名其妙地流下眼泪来。这孩子真古怪得可以，十零岁的孩子前途正远大着呢，这春老花残，绿肥红瘦，怎能惹起她那么深切的悲感呢？！但是孩子从小就是这样古怪，因此她被家人所摒弃，同时也被社会所摒弃。在她的童年里，便只能在梦境里寻求安慰和快乐，一直到她否认现实世界的一切，她终成了一个疏狂孤介的人。在她三十年的岁月里，只有这些片段的梦境，维系着她的生命。

阳光渐渐地已移到那素心兰上，这目前的窗外春光，撩拨起她童年的眷恋。她深深地叹息了："唉，多缺陷的现实的世界呵！在这春神努力地创造美丽的刹那间，你也想遮饰起你的丑恶吗？人类假使连这些梦影般的安慰也没有，我真不知道人们怎能延续他们的生命哟！"

但愿这窗外的春光，永驻人间吧！她这样虔诚的默祝着，素心兰像是解意般地向她点着头。

窗子以外

林徽因

话从哪里说起？等到你要说话，什么话都是那样渺茫地找不到个源头。

此刻，就在我眼帘底下坐着的是四个乡下人的背影：一个头上包着黯黑的白布，两个褪色的蓝布，又一个光头。他们支起膝盖，半蹲半坐的，在溪沿的短墙上休息。每人手里一件简单的东西：一个是白木棒，一个篮子，那两个在树荫底下我看不清楚。无疑地他们已经走了许多路，再过一刻，抽完一筒旱烟以后，是还要走许多路的。兰花烟的香味频频随着微风，袭到我官觉上来，模糊中还有几段山西梆子的声调，虽然他们坐的地方是在我廊子的铁纱窗以外。

铁纱窗以外，话可不就在这里了。永远是窗子以外，不是铁纱窗就是玻璃窗，总而言之，窗子以外！

所有的活动的颜色声音，生的滋味，全在那里的，你并不是不能看到，只不过是永远地在你窗子以外罢了。多少百里的平原土地，多少区域的起伏的山峦，昨天由窗子外映进你的眼帘，那是多少生命日夜在活动着的所在；每一根青的什么麦黍，都有人流过汗；每一粒黄的什么米粟，都有人吃去；其间还有的是周折，是热闹，是紧张！可是你则并不一定能看见，因为那所有的周折，热闹，紧张，全都在你窗子以外展演着。

在家里罢，你坐在书房里，窗子以外的景物本就有限。那里两树马缨，几棵丁香；榆叶梅横出疯权的一大枝；海棠因为缺乏阳光，每年只开个两三朵——叶子上满是虫蚁吃的创痕，还卷着一点焦黄的边；廊子幽秀地开着扇子式，六边形的格子窗，透过外院的日光，外院的杂音。什么送煤的来了，偶然你看到一个两个被煤炭染成黔黑的脸；什么米送到了，一个人捎着一大口袋在背上，慢慢踱过屏门；还有自来水、电灯、电话公司来收账的，胸口斜挂着皮口袋，手里推着一辆自行车；更有时厨子来个朋友了，满脸的笑容，"好呀，好呀"地走进门房；什么赵妈的丈夫来拿钱了，那是每月一号一点都不差的，早来了你就听到两个人嘟嘟哝哝争吵的声浪。那里不是没有颜色，声音，生的一切活动，只是他们和你总隔个窗子，——扇子式的，六边形的，纱的，玻璃的！

你气闷了把笔一搁说，这叫作什么生活！你站起来，穿上不能算太贵的鞋袜，但这双鞋和袜的价钱也就比——想它做什么，反正有人每月的工资，一定只有这价钱的一半乃至于更少。你出去雇洋车了，拉车的嘴里讨的价钱当然是要比例价高得多，难道你就傻子似的答应下来？不，不，三十二子，拉就拉，不拉，拉倒！心里也明白，如果真要充内行，你就该说，二十六子，拉就拉——但是你好意思争！

车开始辗动了，世界仍然在你窗子以外。长长的一条胡同，一个个大门紧紧地关着。就是有开的，那也只是露出一角，隐约可以看到里面有南瓜棚子，底下一个女的，坐在小凳上缝缝做做的；另一个，抓住还不能走路的小孩子，伸出头来喊那过路卖白菜的。至于白菜是多少钱一斤，那你是听不见了，车子早已拉得老远，并且你也无需乎知道的。在你每月费用之中，伙食是一定占去若干的。在那一笔伙食费里，白菜又是多么小的一个数。难道你知道了门口卖的白菜多少钱一斤，你真把你哭丧着脸的厨子叫来申斥一顿，告诉他每一斤白菜他多开了你一个"大子儿"？

车越走越远了，前面正碰着粪车，立刻你拿出手绢来，皱着眉， 把鼻子蒙得紧紧的， 心里不知怨谁好。怨天做的事太古怪；好好的美丽的稻麦却需要粪来浇！怨乡下人太不怕臭，不怕脏，发明那么两个篮子，放在鼻前手车上，推着慢慢走！你怨市里行政人员不认真办事，如此脏臭不卫生的旧习不能改良，十余年来对这粪车难道真无办法？为着强烈的臭气隔着你窗子还不够远，因此你想到社会卫生事业如何还办不好。

路渐渐好起来，前面墙高高的是个大衙门。这里你简直不止隔个窗子，这一带高高的墙是不通风的。你不懂里面有多少办事员，办的都是什么事；多少浓眉大眼的，对着乡下人做买卖的吆喝诈取；多少个又是脸黄黄的可怜虫，混半碗饭分给一家子吃。自欺欺人，里面天天演的到底是什么把戏？但是如果里面真有两三个人拼了命在那里奋斗，为许多人争一点便利和公道，你也无从知道！

到了热闹的大街了，你仍然像在特别包厢里看戏一样，本身不会也不必参加那出戏；倚在栏杆上，你在审美地领略，你有的是一片闲暇。但是如果这里洋车夫问你在哪里下来，你会吃一惊，仓促不知所答。生活所最必需的你并不缺乏什么，你这出来就也是不必需的活动。

偶一抬头，看到街心和对街铺子前面那些人，他们都是急急忙忙的，在时间金钱的限制下采办他们生活所必需的。两个女人手忙脚乱地在监督着店里的伙计称秤。二斤四两，二斤四两的什么东西，且不必去管，反正由那两个女人的认真的神气上面看去，必是非同小可，性命交关的货物。并且如果称得少一点时，那两个女人为那点吃亏的分量必定感到重大的痛苦；如果称得多时，那伙计又知道这年头那损失在东家方面真不能算小。于是那两边的争持是热烈的，必需的，大家声音都高一点；女人脸上呈块红色，头发披下了一缕，又用手抓上去；伙计则维持着客气，口里嚷着：错不了，错不了！

热烈的，必需的，在车马纷纭的街心里，忽然由你车边冲出来两个人：男的，女的，个个提起两脚快跑，这又是干什么的，你心想，电车正在拐大弯。那两人原就追着电车，由轨道旁边擦过去，一边追着，一边向电车上卖票的说话。电车是不容易赶的，你在洋车上真不禁替那街心里奔走赶车的担心。但是你也知道如果这趟没赶上，他们就可以在街旁站个半点来钟，那些宁可望穿秋水不雇洋车的人，也就是因为他们的生活而必需计较和节省到洋车同电车价钱上那相差的数目。

此刻洋车跑得很快，你心里继续着疑问你出来的目的，到底采办一些什么必需的货物。眼看着男男女女挤在市场里面，门首出来一个进去一个，手里都是持着包包裹裹，里边虽然不会全是他们当日所必需的，但是如果当中夹着一盒稍微奢侈的物品，则亦必是他们生活中间闪着亮光的一个愉快！你不是听见那人说么？里面草帽，一块八毛五，贵倒贵点，可是"真不赖！"他提一提帽盒向着打招呼的朋友，他摸一摸他那剃得光整的脑袋，微笑充满了他全个脸。那时那一点迸射着光闪的愉快，当然的归属于他享受，没有一点疑问，因为天知道，这一年中他多少次地克己省俭，使他赚来这一次美满的、大胆的奢侈！

那点子奢侈在那人身上所发生的喜悦，在你身上却完全失掉作用，没有闪一星星亮光的希望！你想，整年整月你所花费的，和你那窗子以外的周围生活程度一比较，严格算来，可不都是非常靡费的用途？每奢侈一次，你心上只有多难过一次。所以车子经过的那些玻璃窗口，只有使你更惶恐，更空洞，更怀疑，前后彷徨不着边际。并且看了店里那些形形色色的货物，除非你真是傻子，难道不晓得它们多半是由哪一国工厂里制造出来的！奢侈是不能给你愉快的，它只有要加增你的戒惧烦恼。每一尺好看点的纱料，每一件新鲜点的工艺品！

你诅咒着城市生活，不自然的城市生活！检点行装说，走了，走了，这沉闷没有生气的生活，实在受不了，我要换个样子过活去。健康的旅行既可以看看山水古刹的名胜，又可以知道点内地淳朴的人情风俗。走了，走了，天气还不算太坏，就是走他一个月六礼拜也是值得的。

没想到不管你走到哪里，你永远免不了坐在窗子以内的。不错，许多时髦的学者常常骄傲地带上"考察"的神气，架上科学的眼镜偶然走到哪里一个陌生的地方瞭望，但那无形中的窗子是仍然存在的。不信，你检查他们的行李，有谁不带着罐头食品、帆布床，以及别的证明你还在你窗子以内的种种零星用品，你再摸一摸他们的皮包，那里短不了有些钞票；一到一个地方，你有的是一个提另的小小世界。不管你的窗子朝向哪里望，所看到的多半则仍是在你窗子以外，隔层玻璃，或是铁纱！隐隐约约你看到一些颜色，听到一些声音。如果你私下满足了，那也没有什么，只是千万别高兴起说什么接触了，认识了若干事物人情，天知道那是罪过！洋鬼子们的一些浅薄，千万学不得。

你是仍然坐在窗子以内的，不是火车的窗子，汽车的窗子，就是客栈逆旅的窗子，再不然就是你自己无形中习惯的窗子，把你搁在里面。接触和认识实在谈不到，得天独厚的闲暇生活先不容你。一样是旅行，如果你背上捎的不是照相机而是一点做买卖的小血本，你就需要全副的精神来走路：你得留神投宿的地方；你得计算一路上每吃一次烧饼和几颗沙果的钱；遇着同行战战兢兢地打招呼，互相捧出诚意，遇着困难时好互相关照帮忙；到了一个地方你是真带着整个血肉的身体到处碰运气，紧张的境遇不容你不奋斗，不与其他奋斗的血和肉的接触，直到经验使得你认识。

前日公共汽车里一列辛苦的脸，那些谈话，里面就有很多生活的分量。陕西过来做生意的老头和那旁坐的一股客气，是不得已的；由交城下车的客人执着红粉包纸烟递到汽车行管事手里也是有多少理由的，穿棉背心的老太婆默默地挟住一个蓝布包袱，一个钱包，是在用尽她的全副本领的。果然到了冀村，她错过站头，还亏别个客人替她要求车夫，将汽车退行两里路，她还不大相信地望着那村站，口里啰唆着这地方和上次如何两样了。开车的一面发牢骚一面爬到车顶替老太婆拿行李。经验使得他有一种涵养，行旅中少不了有认不得路的老太太，这个道理全世界是一样的，伦敦警察之所以特别和蔼，也是从迷路的老太太孩子们身上得来的。

话说了这许多，你仍然在廊子底下坐着，窗外送来溪流的喧响，兰花烟气味早已消失，四个乡下人这时候当已到了上流"庆和义"磨坊前面。昨天那里磨坊的伙计很好笑地满脸挂着麦粉，让你看着磨坊的构造；坊下的木轮，屋里旋转着的石碾，又在高低的院落里，来回看你所不经见的农具在日影下列着。院中一棵老槐、一丛鲜艳的杂花、一条曲曲折折引水的沟渠，伙计和气地说闲话。他用着山西口音，告诉你，那里一年可出五千多包的麦粉，每包的价钱约略两块多钱。又说这十几年来，这一带因为山水忽然少了，磨坊关闭了多少家，外国人都把那些磨坊租去做他们避暑的别墅。惭愧的你说，你就是住在一个磨坊里面，他脸上堆起微笑，让麦粉一星星在日光下映着，说认得认得，原来你所租的磨坊主人，一个外国牧师，待这村子极和气，乡下人和他还都有好感情。

这真是难得了，并且好感的由来还有实证。就是那一天早上你无意中出去探古寻胜，这一省山明水秀，古刹寺院，动不动就是宋辽的原物。走到山上一个小村的关帝庙里，看到一个铁铎，刻着万历年号，原来是万历赐这村里庆成王的后人的，不知怎样流落到卖古董的手里。七年前让这牧师买去，晚上打着玩，嘹亮的钟声被村人听到，急忙赶来打听，要凑原价买回，情辞恳切。说起这是他们吕姓的祖传宝物，决不能让它流落出境，这牧师于是真个把铁铎还了他们，从此便在关帝庙神前供着。

这样一来你的窗子前面便展开了一张浪漫的图画，打动了你的好奇，管它是隔一层或两层窗子，你也忍不住要打听点底细，怎么明庆成王的后人会姓吕？这下子文章便长了。

如果你的祖宗是皇帝的嫡亲弟弟，你是不会、也不愿忘掉的。据说庆成王是永乐的弟弟，这赵庄村里的人都是他的后代。不过就是因为他们记得太清楚了，另一朝的皇帝都有些老大不放心，雍正间诏命他们改姓，由姓朱改为姓吕，但是他们还有用二十字排行的方法，使得他们不会弄错他们是这一脉子孙。

这样一来你就有点心跳了，昨天你雇来那打水洗衣服的不也是赵庄村来的，并且还姓吕！果然那土头土脑圆脸大眼的少年是个皇裔贵族，真是有失尊敬了。那么这村子一定穷不了，但事实上则不见得。

田亩一片，年年收成也不坏。家家户户门口有特种围墙，像个小小堡垒——当时防匪用的。屋子里面有大漆衣柜衣箱，柜门上白铜擦得亮亮；炕上棉被红红绿绿也颇鲜艳。可是据说关帝庙里已有四年没有唱戏了，虽然戏台还高巍巍地对着正殿。村子这几年穷了，有一位王孙告诉你，唱戏太花钱，尤其是上边使钱。这里到底是隔个窗子，你不懂了，一样年年好收成，为什么这几年村子穷了，只模模糊糊听到什么军队驻了三年多等，更不懂是，村子向上一年辛苦后的娱乐，关帝庙里唱唱戏，得上面使钱？既然隔个窗子听不明白，你就通气点别尽管问了。

隔着一个窗子你还想明白多少事？昨天雇来吕姓倒水，今天又学洋鬼子东逛西逛，跑到下面养有鸡羊，上面挂有武魁匾额的人家，让他们用你不懂得的乡音招呼你吃茶，炕上坐，坐了半天出到门口，和那送客的女人周旋客气了一回，才恍然大悟，她就是替你倒脏水洗衣裳的吕姓王孙的妈，前晚上还送饼到你家来过！

这里你迷糊了。算了算了！你简直老老实实地坐在你窗子里得了，窗子以外的事，你看了多少也是枉然，大半你是不明白，也不会明白的。

感情的碎片

萧红

近来觉得眼泪常常充满着眼睛，热的，它们常常会使我的眼圈发烧。然而它们一次也没有滚落下来。有时候它们站到了眼毛的尖端，闪耀着玻璃似的液体，每每在镜子里面看到。

一看到这样的眼睛，又好像回到了母亲死的时候。母亲并不十分爱我，但也总算是母亲。她病了三天了，是七月的末梢，许多医生来过了，他们骑着白马，坐着三轮车，但那最高的一个，他用银针在母亲的腿上刺了一下，他说："血流则生，不流则亡。"

我确确实实看到那针孔是没有流血，只是母亲的腿上凭空多了一个黑点。

医生和别人都退了出去，他们在堂屋里议论着。我背向了母亲，我不再看她腿上的黑点。我站着。

"母亲就要没有了吗？"我想。

大概就是她极短的清醒的时候：

"……你哭了吗？不怕，妈死不了！"

我垂下头去，扯住了衣襟，母亲也哭了。

而后我站到房后摆着花盆的木架旁边去。我从衣袋取出来母亲买给我的小洋刀。

"小洋刀丢了就从此没有了吧？"于是眼泪又来了。

花盆里的金百合映着我的眼睛，小洋刀的闪光映着我的眼睛。眼泪就再没有流落下来，然而那是热的，是发炎的。

但那是孩子的时候。而今则不应该了。

纪念志摩去世四周年

林徽因

今天是你走脱这世界的四周年！朋友，我们这次拿什么来纪念你？前两次的用香花感伤地围上你的照片，抑住嗓子底下叹息和悲哽，朋友和朋友无聊地对望着，完成一种纪念的形式，俨然是愚蠢的失败。因为那时那种近于伤感，而又不够宗教庄严的举动，除却点明了你和我们中间的距离，生和死的间隔外，实在没有别的成效；几乎完全不能达到任何真实纪念的意义。

去年今日我意外地由浙南路过你的家乡，在昏沉的夜色里我独立火车门外，凝望着那幽暗的站台，默默地回忆许多不相连续的过往残片，直到生和死间居然幻成一片模糊，人生和火车似的蜿蜒一串疑问在苍茫间奔驰。我想起你的：

火车擒住轨，在黑夜里奔

　　过山，过水，过……

　　如果那时候我的眼泪曾不自主地溢出睫外，我知道你定会原谅我的。你应当相信我不会向悲哀投降，什么时候我都相信倔强地忠于生的，即使人生如你底下所说：

　　就凭那精窄的两道，算是轨，

　　驮着这份重，梦一般的累赘！

　　就在那时候我记得火车慢慢地由站台拖出一程一程地前进，我也随着酸怆的诗意，那"车的呻吟"，"过荒野，过池塘……过噤口的村庄"。到了第二站——我的一半家乡。

　　今年又轮到今天这一个日子！世界仍旧一团糟，多少地方是黑云布满着粗的筋络往理想的反面猛进，我并不在瞎说，当我写：

　　信仰只一细烛香，

那点子亮再经不起西风

沙沙的隔着梧桐树吹

　　朋友，你自己说，如果是你现在坐在我这位子上，迎着这一窗太阳：眼看着菊花影在墙上描画作态；手臂下倚着两叠今早的报纸；耳朵里不时隐隐地听着朝阳门"打靶"的枪弹声；意识的，潜意识的，要明白这生和死的谜，你又该写成怎样一首诗来，纪念一个死别的朋友？

　　此时，我却是完全的一个糊涂！习惯上我说，每桩事都像是造物的意旨，归根都是运命，但我明知道每桩事都像有我们自己的影子在里面烙印着！我也知道每一个日子是多少机缘巧合凑拢来拼成的图案，但我也疑问其间的排布谁是主宰。据我看来：死是悲剧的一章，生则更是一场悲剧的主干！我们这一群剧中的角色自身性格与性格矛盾；理智与情感两不相容；理想与现实当面冲突，侧面或反面激成悲哀。日子一天一天向前转，昨日和昨日堆垒起来混成一片不可避脱的背景，做成我们周遭的墙壁或气氲，那么结实又那么缥缈，使我们每一个人站在每一天的每一个时候里都是那么主要，又是那么渺小无能为！

此刻我几乎找不出一句话来说，因为，真的，我只是个完全的糊涂；感到生和死一样的不可解，不可懂。

但是我却要告诉你，虽然四年了你脱离去我们这共同活动的世界，本身停掉参加牵引事体变迁的主力，可是谁也不能否认，你仍立在我们烟涛渺茫的背景里，间接的是一种力量，尤其是在文艺创造的努力和信仰方面。间接的你任凭自然的音韵、颜色，不时的风轻月白，人的无定律的一切情感，悠断悠续地仍然在我们中间继续着生，仍然与我们共同交织着这生的纠纷，继续着生的理想。你并不离我们太远。你的身影永远挂在这里那里，同你生前一样的心旋转。

说到您的诗，朋友，我正要正经地同你再说一些话。你不要不耐烦，这话迟早我们总要说清的。人说盖棺定论，前者早已成了事实，这后者在这四年中，说来叫人难受，我还未曾谈到一篇中肯或诚实的论评，虽然对你的赞美和攻讦由你去世后一两周间，就纷纷开始了。但是他们每人手里拿的都不像纯文艺的天秤；有的喜欢你的为人；有的疑问你私人的道德；有的单单尊崇你诗中所表现的思想哲学，有的仅喜爱那些软弱的细致的句子，有的每发议论必须牵涉到你的个人生活之合乎规矩方圆，或断言你是轻薄，或引证你是浮奢豪侈！朋友，我知道你从不介意过这些，许多人的浅陋老实或刻薄处你早就领略过一堆，你不止未曾生过气，并且常常表示怜悯同原谅；你的心情永远是那么洁净；头老抬得那么高；胸中老是那么完整的诚挚；臂上老有那么许多不折不挠的勇气。但是现在的情形与以前却稍稍不同，你自己既已不在这里，做你朋友的，眼看着你被误解，曲解，乃至于谩骂，有时真忍不住替你不平。

但你可别误会我心眼儿窄，把不相干的看成重要，我也知道误解曲解谩骂，都是不相干的，但是朋友，我们谁都需要有人了解我们的时候，真了解了我们，即使是痛下针砭，骂着了我们的弱处错处，那整个的我们却因而更增添了意义，一个作家文艺的总成绩更需要一种就文论文，就艺术论艺术的和平判断。

你在《猛虎集》序中说"世界上再没有比写诗更惨的事"，你却并未说明为什么写诗是一桩惨事，现在让我来个注脚好不好？我看一个人一生为着一个愚诚的倾向，把所感受到的复杂的情绪尝味到的生活，放到自己的理想和信仰的锅炉里烧炼成几句悠扬铿锵的语言（哪怕是几声小唱），来满足他自己本能的艺术的冲动，这本来是个极寻常的事，哪一个地方哪一个时代，都不断有这种人。轮着做这种人的多半是为着他情感来的比寻常人浓富敏锐，而为着这情感而发生的冲动更是非实际的或不全是实际的追求，而需要那种艺术的满足而已。说起来写诗的人的动机多么简单可怜，正是如你序里所说"我们都是受支配的善良的生灵"！虽然有些诗人因为他们的成绩特别高厚旷阔，包括了多数人，或整个时代的艺术和思想的冲动，从此便在人中间披上神秘的光圈，使"诗人"两字无形中挂着崇高的色彩。这样使一般努力于用韵文表现或描画人在自然万物相交错的情绪思想的，便被人的成见看作夸大狂的旗帜，需要同时代人的极冷酷的讥讪和不信任来扑灭它，以挽救人类的尊严和健康。

我承认写诗是惨淡经营，孤立在人中挣扎的勾当，但是因为我知道太清楚了。你在这上面单纯的信仰和诚恳的尝试，为同业者奋斗，卫护他们情感的愚诚，称扬他们艺术的创造，自己从未曾求过虚荣，我觉得你始终是很逍遥舒畅的。如你自己所说"满头血水"你"仍不曾低头"，你自己相信"一点性灵还在那里挣扎"，"还想在实际生活的重重压迫下透出一些声响来"。

简单地说，朋友，你这写诗的动机是坦白不由自主的，你写诗的态度是诚实，勇敢，而倔强的。这在讨论你诗的时候，谁都先得明了的。

至于你诗的技巧问题，艺术上的造诣，在这新诗仍在彷徨歧路的尝试期间，谁也不能坚决地论断，不过有一桩事我就很想提醒现在讨论新诗的人，新诗之由于无条件无形制宽泛到几乎没有一定的定义时代，转入这讨论外形内容，以至于音节韵脚章句意象组织等艺术技巧问题的时期，即是根据着对这方面努力尝试过的那一些诗，你的头两个诗集子就是供给这些讨论见解最多材料的根据。外国的土话说"马总得放在马车的前面"，不是？没有一些尝试的成绩放在那里，理论家是不能老在那里发一堆空头支票的，不是？

你自己一向不止在那里倔强地尝试用功，你还曾用尽你所有活泼的热心鼓励别人尝试，鼓励"时代"起来尝试。这种工作是最犯风头嫌疑的，也只有你胆子大头皮硬顶得下来！我还记得你要印诗集子时我替你捏一把汗，老实说还替你在有文采的老前辈中间难为情过，我也记得我初听到人家找你办《晨报副刊》时我的焦急，但你居然板起个脸抓起两把鼓槌子为文艺吹打开路乃至于扫地，铺鲜花，不顾旧势力的非难，新势力的怀疑，你干你的事"事在人为，做了再说"那股子劲，以后别处也还很少见。

现在你走了，这些事渐渐在人的记忆中模糊下来，你的诗和文也散漫在各小本集子里，压在有极新鲜的封皮的新书后面，谁说起你来，不是马马虎虎地承认你是过去中一个势力，就是拿能够挑剔看轻你的诗为本事（散文家很少提到，或许"散文家"没有诗人那么光荣，不值得注意），朋友，这是没法子的事，我却一点不为此灰心，因为我有我的信仰。

我认为我们这写诗的动机既如前边所说那么简单愚诚；因在某一时，或某一刻敏锐地接触到生活上的锋芒，或偶然地触遇到理想峰巅上云彩星霞，不由得不在我们所习惯的语言中，编缀出一两串近于音乐的句子来，慰藉自己，解放自己，去追求超实际的真美，读诗者的反应一定有一大半也和我们这写诗的一样诚实天真，仅想在我们句子中间由音乐性的愉悦，接触到一些生活的底蕴掺和着美丽的憧憬；把我们的情绪给他们的情绪搭起一座浮桥，把我们的灵感，给他们生活添些新鲜；把我们的痛苦伤心再糅成他们自己忧郁的安慰!

我们的作品会不会长存下去,也就看它们会不会活在那一些我们从不认识的人,我们作品的读者,散在各时、各处互相不认识的孤单的人的心里,这种事它自己有自己的定律,并不需要我们的关心的。你的诗据我所知道的,它们仍旧在这里浮沉流落,你的影子也就浓淡参差地系在那些诗句中,另一端印在许多不相识人的心里。朋友,你不要过于看轻这种间接的生存,许多热情的人他们会为着你的存在,而加增了生的意识的。伤心的仅是那些你最亲热的朋友们和同兴趣的努力者,你不在他们中间的事实,将要永远是个不能填补的空虚。

你走后大家就提议要为你设立一个"志摩奖金"来继续你鼓励人家努力诗文的素志,勉强象征你那种对于文艺创造拥护的热心,使不及认得你的青年人永远对你保存着亲热。如果这事你不觉到太寒碜不够热气,我希望你原谅你这些朋友们的苦心,在冥冥之中笑着给我们勇气来做这一蠢诚的事吧。

给庐隐

石评梅

《灵海潮汐致梅姊》和《寄燕北诸故人》我都读过了[①]，读过后感觉到你就是我自己，多少难以描画笔述的心境你都替我说了，我不能再说什么了。一个人感到别人是自己的时候，这是多么不易得的而值得欣慰的事，然而，庐隐，我已经得到了。假使我们的世界能这样常此空寂，冷寂中我们又这样彼此透彻地看见了自己，人世虽冷酷无情，我只愿恋这一点灵海深处的认识，不再希冀追求什么了。

在你这几封信中，我才得到了人间所谓的同情，这同情是极其圣洁纯真，并不是有所希冀有所猎获才施与的同情。廿余年来在人间受尽了畸零，忍痛含泪扎挣着，虽弄得遍体鳞伤，鲜血淋淋，仍紧嚼着牙齿作勉强的微笑！我希望在颠沛流离中求一星星同情和安慰以鼓舞我在这人世界战斗的勇气；然而得到的只是些冷讽热笑，每次都跌落在人心的冷森阴险中而饮泣！此后我禁受不住这无情的箭镞，才想逃避远离开这冷酷的世界和人类；因之我脱离了学校生活，踏入了世界的黑洞后，我往昔天真烂漫的童心，都改换成冷枯孤傲的性情。

一年一年送去可爱的青春，一步一步陷落在满是荆棘的深洞，嘲笑讪讽包围了我，同情安慰远离着我，我才诅咒世界，厌恶人类，怨我的希望欺骗了自己。想不到遥远的海滨，扰攘的人群中，你寄来这深厚的安慰和同情，我是如何的欣喜呵！惊颤地揭起了心幕收容她，收容她在我心的深处；我怕她也许不久会消失或者飞去！这并不是我神经过敏，朋友！我也曾几度发现过这样的同情，结果不是赝鼎便是雪杯，不久便认识了真伪而消灭。这种同情便是我上边所说有所希冀猎获而施与的，自然我不能与人以希冀猎获时，同情安慰也是终于要遗弃我的。朋友！写到这里我不能再写下去了，你百战的勇士，也许曾经有过这样的创伤！

自从得到了你充满热诚和同情的信后，我每每在静寂的冷月寒林下徘徊，虽然我只看见是枯干的枝丫，但是也能看见她含苞的嫩芽，和春来时碧意迷漫的天地。我知所忏悔了，朋友！以后我不再因自己的失意而诅咒世界的得意，因为自己未曾得到而怨恨人间未曾有了；如今漠漠干枯的寒林，安知不是将来如云如盖的绿荫呢！人生是时时在追求扎挣中，虽明知是幻象虚影，然终于不能不前去追求，明知是深涧悬崖，然终于不能不勉强扎挣；你我是这样，许多众生也是这样，然而谁也不能逃此网罗以自救拔。大概也是因此吧！才有许多伟大反抗的志士英雄，在辗转颠沛中，演出些惊人心魂的悲剧，在一套陈古的历史上，滴着鲜明的血痕和泪迹。朋友！追求扎挣着向前去吧！我们生命之痕用我们的血泪画写在历史之页上，我们弱小的灵魂，所滴沥下的血泪何尝不能惊人心魂，这惊人心魂的血泪之痕又何尝不能得到人类伟大的同情。命运是我们手中的泥，一切生命的铸塑也如手中的泥，朋友！我们怎样把我们自己铸塑呢？只在乎我们自己。

说得太乐观了，你要笑我吧？怕我们才是命运手中的泥呢！我也觉这许多年中只是命运铸塑了我，我何尝敢铸塑命运。真是梦呓，你也许要讥我是放荡不羁的天马了。其实我真愿做个奔逸如狂飙似的骏马，把我的生命都载在小小鞍上，去践踏翻这世界的地轴，去飞扬起这宇宙的尘沙，使整个世界在我的足下动摇，整个宇宙在我铁蹄下毁灭！然而朋友！我终于是不能真的做天马，大概也是因为我终于不是天马，每当我束装备鞍，驰驱赴敌时，总有人间的牵系束缚我，令我毁装长叹！至如今依然蜷伏槽下咀嚼这食厌了的草芥，依然整天回旋在这死城而不能走出一步；不知是环境制止我，还是自己的不长进，我终于是四年如一日的过去。朋友！你也许为我的抑郁而太息，我不仅不能做一件痛快点不管毁灭不管建设的事业，怕连个直截了当极迅速极痛快的死也不能，唉！谁使我这样抑郁而生抑郁而死呢！是社会，还是我自己？我不能解答，怕你也不能解答吧！因之，我有许多事要告诉你，结果却只是默无一语，"多少事欲说还休"，所以我望着"征鸿过尽，万千心事难寄"！

我默无一语的，总是背着行囊，整天整夜地向前走，也不知何处是我的归处？是我走到的地方？只是每天从日升直到日落，走着，走着，无论怎样风雨疾病，艰险困难，未曾停息过；自然，也不允许我停息，假使我未走到我要去的地方，那永远停息之处。我每天每夜足迹踏过的地方，虽然都让尘沙掩埋，或者被别人的足踪踏乱已找不到痕迹，然而心中恍惚的追忆是和生命永存的，而我的生命之痕便是这些足迹。朋友！谁也是这样，想不到我们来到世界只是为了踏几个足印，我们留给世界的也是几个模糊零碎不可辨的足印。

我们如今是走着走着，同时还留心足底下践踏下的痕迹，欣慰因此，悲愁因此；假使我们如庸愚人们地走路，一直走去，遇见歧路不彷徨，逢见艰险不惊悸，过去了不回顾，踏下去不踟蹰；那我们一样也是浑浑噩噩从生到死，绝没有像我们这样容易动感，践了只蚂蚁也会流泪的。朋友！太脆弱了，太聪明了，太顾忌了，太徘徊了，才使我们有今日，这也欣慰也悲凄的今日。

庐隐！我满贮着一腔有情的热血，我是愿意把冷酷无情的世界，浸在我热血中；知道终于无力时，才抱着这怆痛之心归来，经过几次后，不仅不能温暖了世界，连自己都冷凝了。我今年日记里有这样一段记述：

我只是在空寂中生活着，我一腔热血，四周环以泥泽的冰块，使我的心感到凄寒，感到无情。我的心哀哀地哭了！我为了寒冷之气候也病了。

这几天离开了纷扰的环境，独自睡在这静寂的斗室中，默望着窗外的积雪，忽然想到人生的究竟，我真不能解答，除了死。火炉中熊熊发光的火花，我看着它烧成一堆灰烬，它曾给与我的温热是和灰烬一样逝去；朝阳照上窗纱，我看着西沉到夜幕下，它曾给与我的光明是和落日一样逝去。人们呢，劳动着，奔忙着，从起来一直睡下，由梦中醒来又入了梦中，由少年到老年，由生到死……人生的究竟不知是什么？我病了，病中觉得什么都令人起了怀疑。

青年人的养料唯一是爱，然而我第一便怀疑爱，我更讪笑人们口头笔尖那些诱人昏醉的麻剂。我都见过了，甜蜜，失恋，海誓山盟，生死同命；怀疑的结果，我觉得这一套都是骗，自然不仅骗别人连自己的灵魂也在内。宇宙一大骗局。或者也许是为了骗吧，人间才有一时的幸福和刹那的欣欢，而不是永久悲苦和悲惨！

我的心应该信仰什么呢？宇宙没有一件永久不变的东西。我只好求之于空寂。因为空寂是永久不变的，永久可以在幻望中安慰你自己的。

我是在空寂中生活着，我的心付给了空寂。庐隐！怔视在悲风惨日的新坟之旁，含泪仰视着碧澄的天空，即人人有此境，而人人未必有此心；然而朋友呵！我不是为了倚坟而空寂，我是为了空寂而倚坟；知此，即我心自可喻于不言中。我更相信只有空寂能给与我安慰和同情，和人生战斗的勇气！黄昏时候，新月初升，我常向残阳落处而挥泪！"望断斜阳人不见，满袖啼红。"这时凄怆悲绪，怕天涯只有君知！

北京落了三尺深的大雪，我喜欢极了，不论日晚地在雪里跑、雪里玩，连灵魂都涤洗得像雪一样清冷洁白了。朋友！假使你要在北京，不知将怎样的欣慰呢！当一座灰城化成了白玉宫殿水晶楼台的时候，一切都遮掩涤洗尽了的时候。到如今雪尚未消，真是冰天雪地，北地苦寒；尖利的朔风彻骨刺心一般吹到脸上时，我咽着泪在扎挣抖颤。这几夜月色和雪光辉映着，美丽凄凉中我似乎可以得不少的安慰，似乎可以听见你的心音的哀唱。

间接地听人说你快来京了。我有点愁呢，不知去车站接你好呢，还是躲起来不见你好，我真的听见你来了我反而怕见你，怕见了你我那不堪描画的心境要向你面前粉碎！你呢，一天一天，一步一步走近了这灰城时，你心抖颤吗？哀泣吗？我不敢想下去了。好吧！我静等着见你。

注释:

①庐隐写给石评梅的信。

柳家大院

老舍

这两天我们的大院里又透着热闹，出了人命。

事情可不能由这儿说起，得打头儿来。先交代我自己吧，我是个算命的先生。我也卖过酸枣、落花生什么的，那可是先前的事了。现在我在街上摆卦摊，好了呢，一天也抓弄个三毛五毛的。老伴儿早死了，儿子拉洋车。我们爷儿俩住着柳家大院的一间北房。

除了我这间北房，大院里还有二十多间房呢。一共住着多少家子？谁记得清！住两间房的就不多，又搭上今天搬来，明天又搬走，我没有那么好记性。大家见面招呼声"吃了吗"，透着和气；不说呢，也没什么。大家一天到晚为嘴奔命，没有工夫扯闲话儿。爱说话的自然也有啊，可是也得先吃饱了。

还就是我们爷儿俩和王家可以算作老住户，都住了一年多了。早就想搬家，可是我这间屋子下雨还算不十分漏；这个世界哪去找不十分漏水的屋子？不漏的自然有哇，也得住得起呀！再说，一搬家又得花三份儿房钱，莫如忍着吧。晚报上常说什么"平等"，铜子儿不平等，什么也不用说。这是实话。就拿媳妇们说吧，娘家要是不使彩礼，她们一定少挨点揍，是不是？

王家是住两间房。老王和我算是柳家大院里最"文明"的人了。"文明"是三孙子，话先说在头里。我是算命的先生，眼前的字儿颇念一气。天天我看俩大子的晚报。"文明"人，就凭看篇晚报，别装孙子啦！老王是给一家洋人当花匠，总算混着洋事。其实他会种花不会，他自己晓得；若是不会的话，大概他也不肯说。给洋人院里剪草皮的也许叫作花匠；无论怎说吧，老王有点好吹。有什么意思？剪草皮又怎么低得呢？老王想不开这一层。要不怎么穷人没起色呢，穷不是，还好吹两句！大院里这样的人多了，老跟"文明"人学；好像"文明"人的吹胡子瞪眼睛是应当应分。反正他挣钱不多，花匠也罢，草匠也罢。

老王的儿子是个石匠，脑袋还没石头顺溜呢，没见过这么死巴的人。他可是好石匠，不说屈心话。小王娶了媳妇，比他小着十岁，长得像搁陈了的窝窝头，一脑袋黄毛，永远不乐，一挨揍就哭，还是不短挨揍。老王还有个女儿，大概也有十四五岁了，又贼又坏。他们四口住两间房。

除了我们两家，就得算张二是老住户了；已经在这儿住了六个多月。虽然欠下俩月的房钱，可是还对付着没叫房东给撵出去。张二的媳妇嘴真甜甘，会说话；这或者就是还没叫撵出去的原因。自然她只是在要房租来的时候嘴甜甘；房东一转身，你听她那个骂。谁能不骂房东呢；就凭那么一间狗窝，一月也要一块半钱？可是谁也没有她骂得那么到家，那么解气。连我这老头子都有点爱上她了，不为别的，她真会骂。可是，任凭怎么骂，一间狗窝还是一块半钱。这么一想，我又不爱她了。没有真章儿，骂骂算得了什么呢。

张二和我的儿子同行，拉车。他的嘴也不善，喝俩铜子的"猫尿"能把全院的人说晕了；穷嚼！我就讨厌穷嚼，虽然张二不是坏心肠的人。张二有三个小孩，大的捡煤核，二的滚车辙，三的满院爬。

提起孩子来了，简直地说不上来他们都叫什么。院子里的孩子足够一混成旅，怎能记得清楚呢？男女倒好分，反正能光眼子就光着。在院子里走道总得小心点；一慌，不定踩在谁的身上呢。踩了谁也得闹一场气。大人全憋着一肚子委屈，可不就抓个碴儿吵一阵吧。越穷，孩子越多，难道穷人就不该养孩子？不过，穷人也真得想个办法。这群小光眼子将来都干什么去呢？又跟我的儿子一样，拉洋车？我倒不是说拉洋车就低贱，我是说人就不应当拉车；人嘛，当牲口？可是，好些个还活不到能拉车的年纪呢。今年春天闹瘟疹，死了一大批。最爱打孩子的爸爸也咧着大嘴哭，自己的孩子哪有不心疼的？可是哭完也就完了，小席头一卷，夹出城去；死了就死了，省吃是真的。腰里没钱心似铁，我常这么说。这不像一句话，总得想个办法！

除了我们三家子，人家还多着呢。可是我只提这三家子就够了。我不是说柳家大院出了人命吗？死的就是王家那个小媳妇。我说过她像窝窝头，这可不是拿死人打哈哈。我也不是说她"的确"像窝窝头。我是替她难受，替和她差不多的姑娘媳妇们难受。我就常思索，凭什么好好的一个姑娘，养成像窝窝头呢？从小儿不得吃，不得喝，还能油光水滑的吗？是，不错，可是凭什么呢？

少说闲话吧；是这么回事：老王第一个不是东西。我不是说他好吹吗？是，事事他老学那些"文明"人。娶了儿媳妇，喝，他不知道怎么好了。一天到晚对儿媳妇挑鼻子弄眼睛，派头大了。为三个钱的油，两个钱的醋，他能闹得翻江倒海。我知道，穷人肝气旺，爱吵架。老王可是有点存心找毛病；他闹气，不为别的专为学学"文明"人的派头。他是公公；妈的，公公几个子儿一个！我真不明白，为什么穷小子单要充"文明"，这是哪一股儿毒气呢？早晨，他起得早，总得也把小媳妇叫起来，其实有什么事呢？他要立这个规矩，穷酸！她稍微晚起来一点，听吧，这一顿揍！

我知道，小媳妇的娘家使了一百块的彩礼。他们爷儿俩大概再有一年也还不清这笔亏空，所以老拿小媳妇出气。可是要专为这一百块钱闹气，也倒罢了，虽然小媳妇已经够冤枉的。他不是专为这点钱。他是学"文明"人呢，他要作足了当公公的气派。他的老伴不是死了吗，他想把婆婆给儿媳妇的折磨也由他承办。他变着方儿挑她的毛病。她呢，一个十七岁的孩子可懂得什么？跟她耍排场？我知道他那些排场是打哪儿学来的：在茶馆里听那些"文明"人说的。他就是这么个人——和"文明"

人要是过两句话，替别人吹几句，脸上立刻能红堂堂的。在洋人家里剪草皮的时候，洋人要是跟他过一句半句的话，他能把尾巴摆动三天三夜。他确是有尾巴。可是他摆一辈子的尾巴了，还是他妈的住破大院啃窝窝头。我真不明白！

老王上工去的时候，把磨折儿媳妇的办法交给女儿替他办。那个贼丫头！我一点也没有看不起穷人家的姑娘的意思；她们给人家作丫环去呀，作二房去呀，当窑姐去呀，是常有的事（不是应该的事），那能怨她们吗？不能！可是我讨厌王家这个二妞，她和她爸爸一样的讨人嫌，能钻天觅缝地给她嫂子小鞋穿，能大睁白眼地乱造谣言给嫂子使坏。我知道她为什么这么坏，她是由那个洋人供给着在一个学校念书，她一万多个看不上她的嫂子。她也穿一双整鞋，头发上也戴着一把梳子，瞧她那个美！我就这么琢磨这回事：世界上不应当有穷有富。可是穷人要是狗着有钱的，往高处爬，比什么也坏。老王和二妞就是好例子。她嫂子要是做一双青布新鞋，她变着方儿给踩上泥，然后叫她爸爸骂儿媳妇。我没工夫细说这些事儿，反正这个小媳妇没有一天得着好气；有的时候还吃不饱。

小王呢，石厂子在城外，不住在家里。十天半月地回来一趟，一定揍媳妇一顿。在我们的柳家大院，揍儿媳妇是家常便饭。谁叫老婆吃着男子汉呢，谁叫娘家使了彩礼呢，挨揍是该当的。可是小王本来可以不揍媳妇，因为他轻易不回家来，还愿意回回闹气吗？哼，有老王和二姐在旁边唧咕啊。老王罚儿媳妇挨饿，跪着；到底不能亲自下手打，他是自居为"文明"人的，哪能落个公公打儿媳妇呢？所以挑唆儿子去打；他知道儿子是石匠，打一回胜似别人打五回的。儿子打完了媳妇，他对儿子和气极了。二姐呢，虽然常拧嫂子的胳臂，可也究竟是不过瘾，恨不能看着哥哥把嫂子当作石头，一下子捶碎才痛快。我告诉你，一个女人要是看不起另一个女人的，那就是活对头。二姐自居女学生，嫂子不过是花一百块钱买来的一个活窝窝头。

王家的小媳妇没有活路。心里越难受，对人也越不和气；全院里没有爱她的人。她连说话都忘了怎么说了。也有痛快的时候，见神见鬼地闹撞客①。总是在小王揍完她走了以后，她又哭又说，一个人闹欢了。我的差事来了，老王和我借宪书，抽她的嘴巴。他怕鬼，叫我去抽。等我进了她的屋子，把她安慰得不哭了——我没抽过她，她要的是安慰，几句好话——他进来了，掐她的人中，用草纸熏；其实他知道她已缓醒过来，故意地惩治她。每逢到这个节骨眼，我和老王吵一架。平日他们吵闹我不管；管又有什么用呢？我要是管，一定是向着小媳妇；这岂不更给她添堵？所以我不管。不过，每逢一闹撞客，我们俩非吵不可了，因为我是在那儿，眼看着，还能一语不发？奇怪的是这个，我们俩吵架，院里的人总说我不对；妇女们也这么说。他们以为她该挨揍。他们也说我多事。男的该打女的，公公该管教儿媳妇，小姑子该给嫂子气受，他们这群男女信这个！怎么会信这个呢？谁教给他们的呢？哪个王八蛋的"文明"可笑，又可哭！肚子饿得像两层皮的臭虫，还信"文明"呢？！

　　前两天，石匠又回来了。老王不知怎么一时心顺，没叫儿子揍媳妇，小媳妇一见大家欢天喜地，当然是喜欢，脸上居然有点像要笑的意思。二姐看见了这个，仿佛是看见天上出了两个太阳。一定有事！她嫂子正在院子里做饭，她到嫂子屋里去搜开了。一定是石匠哥哥给嫂子买来了贴己的东西，要不然她不会脸上笑出来。翻了半天，什么也没翻出来。我说"半天"，意思是翻得很详细；小媳妇屋里的东西还多得了吗？我们的大院里一共也没有两张整桌子来，要不怎么不闹贼呢。我们要是有钱票，是放在袜筒儿里。

二姐的气大了。嫂子脸上敢有笑容？不管查得出私弊查不出，反正得惩治她！

小媳妇正端着锅饭澄米汤，二姐给了她一脚。她的一锅饭出了手。"米饭"！不是丈夫回来，谁敢出主意吃"饭"！她的命好像随着饭锅一同出去了。米汤还没澄干，稀粥似的白饭，摊在地上。她拼命用手去捧，滚烫，顾不得手；她自己还不如那锅饭值钱呢。实在太热，她捧了几把，疼到了心上，米汁把手糊住。她不敢出声，咬上牙，扎着两只手，疼得直打转。

"爸！瞧她把饭全洒在地上啦！"二姐喊。

爷儿俩全出来了。老王一眼看见饭在地上冒热气，登时就疯了。他只看了小王那么一眼，已然是说明白了："你是要媳妇，还是要爸爸？"

小王的脸当时就涨紫了，过去揪住小媳妇的头发，拉倒在地。小媳妇没出一声，就人事不知了。

"打！往死了打！打！"老王在一旁嚷，脚踢起许多土来。二姐怕嫂子是装死，过去拧她的大腿。

院子里的人都出来看热闹，男人不过来劝解，女的自然不敢出声；男人就是喜欢看别人揍媳妇——给自己的那个老婆一个榜样。

我不能不出头了。老王很有揍我一顿的意思。可是我一出头，别的男人也蹭过来。好说歹说，算是劝开了。

第二天一清早，小王老王全去工作。二姐没上学，为是继续给嫂子气受。

张二嫂动了善心，过来看看小媳妇。因为张二嫂自信会说话，所以一安慰小媳妇，可就得罪了二姐。她们俩抬起来了。当然二姐不行，她还说得过张二嫂！"你这个丫头要不下窑子，我不姓张！"一句话就把二姐骂闷过去了，"三秃子给你俩大子，你就叫他亲嘴，你当我没看见呢？有这么回事没有？有没有？"二嫂的嘴就堵着二姐的耳朵眼，二姐直往后退，还说不出话来。

这一场过去，二姐搭讪着上了街，不好意思再和嫂子闹了。

小媳妇一个人在屋里，工夫可就大啦。张二嫂又过来看一眼，小媳妇在炕上躺着呢，可是穿着出嫁时候的那件红袄。张二嫂问了她两句，她也没回答，只扭过脸去。张家的小二，正在这么工夫跟个孩子打起来，张二嫂忙着跑去解围，因为小二被敌人给按在底下了。

二姐直到快吃饭的时候才回来，一直奔了嫂子的屋子去，看看她做好了饭没有。二妞向来不动手做饭，女学生嘛！一开屋门，她失了魂似的喊了一声，嫂子在房梁上吊着呢！一院子的人全吓惊了，没人想起把她摘下来，谁肯往人命事儿里掺合呢？

二妞捂着眼吓成孙子了。"还不找你爸爸去？！"不知道谁说了这么一句，她扭头就跑，仿佛鬼在后头追她呢。

老王回来也傻了。小媳妇是没有救儿了；这倒不算什么，脏了房，人家房东能饶得了他吗？再娶一个，只要有钱，可是上次的债还没归清呢！这些个事叫他越想越气，真想咬吊死鬼儿几块肉才解气！

娘家来了人，虽然大嚷大闹，老王并不怕。他早有了预备，早问明白了二妞，小媳妇是受张二嫂的挑唆才想上吊；王家没逼她死，王家没给她气受。你看，老王学"文明"人真学得到家，能瞪着眼扯谎。

张二嫂可抓了瞎，任凭怎么能说会道，也禁不住贼咬一口，入骨三分！人命，就是自己能分辩，丈夫回来也得闹一阵。打官司自然是不会打的，柳家大院的人还敢打官司？可是老王和二妞要是一口咬定，小媳妇的娘家要是跟她要人呢，这可不好办！柳家大院是不讲情理的，老王要是咬定了她，她还就真跑不了。谁叫她自己平时爱说话呢，街坊们有不少恨着她的，就棍打腿，他们还不一拥而上把她"打倒"，用个晚报上的字眼。果不其然，张二一回来就听说了，自己的媳妇惹了祸。谁还管青红皂白，先揍完再说，反正打媳妇是理所当然的事。张二嫂挨了顿好的，全大院都觉得十分地痛快。

小媳妇的娘家不打官司；要钱；没钱再说厉害的。老王怕什么偏有什么；前者娶儿媳妇的钱还没还清，现在又来了一档子！可是，无论怎样，也得答应着拿钱，要不然屋里放着吊死鬼，才不像句话。

小王也回来了，十分像个石头人，可是我看得出，他的心里很难过，谁也没把死了的小媳妇放在心上，只有小王进到屋中，在尸首旁边坐了半天。要不是他的爸爸"文明"，我想他决不会常打她。可是，爸爸"文明"，儿子也自然是要孝顺了，打吧！一打，他可就忘了他的胳臂本是砸石头的。他一声没出，在屋里坐了好大半天，而且把一条新裤子——就是没补丁呀——给媳妇穿上。他的爸爸跟他说什么，他好像没听见。他一个劲儿地吸蝙蝠牌的烟，眼睛不错眼珠地看着点什么——别人都看不见的一点什么。

娘家要一百块钱——五十是发送小媳妇的，五十归娘家人用。小王还是一语不发。老王答应了拿钱。他第一个先找了张二去。"你的媳妇惹的祸，没什么说的，你拿五十，我拿五十，要不然我把吊死鬼搬到你屋里来。"老王说得温和，可又硬张。

张二刚喝了四个大子的猫尿，眼珠子红着。他也来得不善："好王大爷的话，五十？我拿！看见没有？屋里有什么你拿什么好了。要不然我把这两个大孩子卖给你，还不值五十块钱？小三的妈！把两个大的送到王大爷屋里去！会跑会吃，决不费事，你又没个孙子，正好嘛！"

老王碰了个软的。张二屋里的陈设大概一共值不了几个子儿！俩孩子？叫张二留着吧。可是，不能这么轻轻地便宜了张二；拿不出五十呀，三十行不行？张二唱开了《打牙牌》[②]，好像很高兴似的。"三十干吗？还是五十好了，先写在账上，多喀我叫电车轧死，多喀还你。"

老王想叫儿子揍张二一顿。可是张二也挺壮，不一定能揍得了他。张二嫂始终没敢说话，这时候看出一步棋来，乘机会自己找找脸："姓王的，你等着好了，我要不上你屋里去上吊，我不算好老婆，你等着吧！"

老王是"文明"人，不能和张二嫂斗嘴皮子。而且他也看出来，这种野娘们什么也干得出来，真要再来个吊死鬼，可得更吃不了兜着走了。老王算是没敲上张二，张二由《打牙牌》改成了《刀劈三关》。

其实老王早有了"文明"主意，跟张二这一场不过是虚晃一刀。他上洋人家里去，洋大人没在家，他给洋太太跪下了，要一百块钱。洋太太给了他，可是其中的五十是要由老王的工钱扣的，不要利钱。

老王拿着回来了，鼻子朝着天。

开张殃榜就使了八块，阴阳生要不开这张玩艺，麻烦还小得了吗。这笔钱不能不花。

小媳妇总算死得值。一身新红洋缎的衣裤，新鞋新袜子，一头银白铜的首饰。十二块钱的棺材，还有五个和尚念了个光头三[③]。娘家弄了四十多块去，老王无论如何不能照着五十的数给。

事情算是过去了，二妞可遭了报，不敢进屋子。无论干什么，她老看见嫂子在房梁上挂着，穿着红袄，向她吐舌头。老王得搬家。可是，脏房谁来住呢？自己住着，房东也许马马虎虎不究真儿；搬家，不叫赔房才怪呢。可是二姐不敢进屋睡觉也是个事儿。况且儿媳妇已经死了，何必再住两间房？让出那一间去，谁肯住呢？这倒难办了。

老王又有了高招儿，儿媳妇变成吊死鬼，他更看不起女人了。四五十块花在死鬼身上，还叫她娘家拿走四十多，真堵得慌。因此，连二姐的身份也落下来了。干脆把她打发了，进点彩礼，然后赶紧再给儿子续上一房。二姐不敢进屋子呀，正好，去她的。卖个三百二百的，除给儿子续娶之外，自己也得留点棺材本儿。

他搭讪着跟我说这个事。我以为要把二姐给我的儿子呢；不是，他是托我给留点神，有对事的外乡人肯出三百二百的就行。我没说什么。

正在这个时候，有人来给小王提亲，十八岁的大姑娘，能洗能做，才要一百二十块钱的彩礼。老王更急了，好像立刻把二姐铲出去才痛快。

房东来了，因为上吊的事吹到他耳朵里。老王把他唬回去了：房脏了，我现在还住着呢！这个事怨不上来我呀，我一天到晚不在家，还能给儿媳妇气受？架不住有坏街坊，要不是张二的娘们，我的儿媳妇能想得起上吊？上吊也倒没什么，我呢，现在又给儿子张罗着，反正混着洋事，自己没钱呀，还能和洋人说句话，接济一步。就凭这回事说吧，洋人送了我一百块钱！

房东叫他给唬住了，跟旁人一打听，的的确确是由洋人那儿拿来的钱，而且大家都很佩服老王。房东没再对老王说什么，不便于得罪混洋事的。可是张二这个家伙不是好货，欠下两个月的房租，还由着娘们拉舌头扯簸箕，撺他搬家！张二嫂无论怎么会说，也得补上俩月的房钱，赶快滚蛋！

张二搬走了，搬走的那天，他又喝得醉猫似的。

张二嫂臭骂了房东一大阵。

等着看吧。看二妞能卖多少钱，看小王又娶个什么样的媳妇。什么事呢！"文明"是三孙子，还是那句！

注释：

① "闹撞客"就是所谓的"鬼附身""鬼上身""鬼附体"。

② 北京一带的戏曲名。

③ 方言。指人死后第三天念经超度。

弃儿

萧红

　　水就像远天一样，没有边际地漂漾着，一片片的日光在水面上浮动着。大人、小孩和包裹都呈青蓝颜色，安静的不慌忙的小船朝向同一的方向走去，一个接着一个……

　　一个肚子凸得馒头般的女人，独自地在窗口望着。她的眼睛就如块黑炭，不能发光，又暗淡，又无光，嘴张着，胳膊横在窗沿上，没有目的地望着。

　　有人打门，什么人将走进来呢？那脸色苍苍，好像盛满面粉的布袋一样，被人掷了进来的一个面影。这个人开始谈话了："你倒是怎么样呢？才几个钟头水就涨得这样高，你不看见么？一定得有条办法，太不成事了，七个月了，共欠了四百块钱。王先生是不能回来的。男人不在，当然要向女人算账……现在一定不能再没有办法了。"正一正帽头，抖一抖衣袖，他的衣裳又像一条被倒空了的布袋，平板的，没有皱纹，只是眼眉往高处抬了抬。

女人带着她的肚子，同样地脸上没有表情，嘴唇动了动：

"明天就有办法。"

她望着店主脚在衣襟下迈着八字形的步子，鸭子样地走出屋门去。

她的肚子不像馒头，简直是小盆被扣在她肚皮上，虽是长衫怎样宽大，小盆还是分明地显露着。

倒在床上，她的肚子也被带到床上，望着棚顶，由马路间小河流水反照在水光，不定形地乱摇，又夹着从窗口不时冲进来嘈杂的声音。什么包袱落水啦！孩子掉下阴沟啦！接续的，连绵的，这种声音不断起来，这种声音对她似两堵南北不同方向立着的墙壁一样，中间没有连锁。

"我怎么办呢？没有家，没有朋友，我走向哪里去呢？只有一个新认识的人，他也是没有家呵！外面的水又这样大，那个狗东西又来要房费，我没有……"

她似乎非想下去不可，像外边的大水一样，不可抑止地想：

"初来这里还是飞着雪的时候，现在是落雨的时候了。刚来这里肚子是平平的，现在却变得这样了……"

她用手摸着肚子，仰望天棚的水影，被褥间汗油的气味，在发散着。

天黑了，旅馆的主人和客人都纷扰地提着箱子，拉着小孩走了。就是昨天早晨楼下为了避水而搬到楼上的人们，也都走了。骚乱的声音也跟随地走了。这里只是空空的楼房，一间挨紧一间，关着门，门里的帘子默默地静静地长长地垂着，从嵌着玻璃的地方透出来。只有楼下的一家小贩，一个旅馆的杂役和一个病了的妇人，男人伴着她留在这里。满楼的窗子散乱乱地开张和关闭，地板上的尘土地毯似的摊着。这里荒凉得就如兵已开走的营垒，什么全是散散乱乱得可怜。

水的稀薄的气味在空中流荡，沉静的黄昏在空中流荡，不知谁家的小猪被丢在这里，在水中哭喊着绝望地来往地尖叫。水在它的身边一个连环跟着一个连环地转，猪被围在水的连环里，就如一头苍蝇或是一头蚊虫被绕入蜘蛛的网丝似的，越挣扎，越感觉网丝是无边际的大。小猪横卧在板排上，它只当遇了救，安静地，眼睛在放希望的光。猪眼睛流出希望的光和人们想吃猪肉的希望绞结在一起，形成了一条不可知的绳。

猪被运到那边的一家屋子里去。

黄昏慢慢地耗，耗向黑沉沉的像山谷，像壑沟一样的夜里去。两侧楼房高大空间就是峭壁，这里的水就是山涧。

依着窗口的女人，每日她烦得像数着发丝一般的心，现在都躲开她了，被这里的深山给吓跑了。方才眼望着小猪被运走的事，现在也不伤着她的心了，只觉得背上有些阴冷。当她踏着地板的尘土走进单身房的时候，她的腿便是用两条木做的假腿，不然就是别人的腿强接在自己的身上，没有感觉，不方便。

整夜她都是听到街上的水流唱着胜利的歌。

每天在马路上乘着车的人们现在是改乘船了。马路变成小河，空气变成蓝色，而脆弱的洋车夫们往日他是拖着车，现在是拖船。他们流下的汗水不是同往日一样吗？带有咸脊和酸笨重的气味。

松花江决堤三天了，满街行走大船和小船，用箱子当船的也有，用板子当船的也有，许多救济船在嚷，手中摇摆黄色旗子。

住在二屋楼上那个女人，被只船载着经过几条狭窄的用楼房砌成河岸的小河，开始向无际限闪着金色光波的大海奔去。

她呼吸着这无际限的空气，她第一次与室窗以外的太阳接触。江堤沉落到水底去了，沿路的小房将睡在水底，人们在房顶蹲着。小汽船江鹰般地飞来了，又飞过去了，留下排成蛇阵的弯弯曲曲的波浪在翻卷。那个女人的小船行近波浪，船沿和波浪相接触着摩擦着。船在浪中打转，全船的人脸上没有颜色地惊恐，她尖叫了一声，跳起来，想要离开这个漂荡的船，走上陆地去。但是陆地在哪里？

满船都坐着人，都坐着生疏的人。什么不生疏呢？她用两个惊恐、忧郁的眼睛，手指四张的手摸抚着突出来的自己的肚子。天空生疏，太阳生疏，水面吹来的风夹带水的气味，这种气味也生疏。只有自己的肚子接近，不辽远，但对自己又有什么用处呢？

那个波浪是过去了，她的手指还是四处张着，不能合拢。"今夜将住在菲家吗？为什么蓓力不来接我，走岔路了吗？假设方才翻倒过去不是什么全完了吗？也不用想这些了。"

六七个月不到街面，她的眼睛缭乱，耳中的受音器也不服支配了，什么都不清楚。在她心里只感觉热闹。同时她也分明地考察对面驶来的每个船只，有没有来接她的蓓力，虽然她的眼睛是怎样缭乱。

她嘴张着，眼睛瞪着，远天和太阳辽阔的照耀。

一家楼梯间站着一个女人，屋里抱小孩的老婆婆猜问着：你是芹吗？

芹开始同主妇谈着话，坐在圈椅间，她冬天的棉鞋，显然被那个主妇看得清楚呢。主妇开始说："蓓力去伴你来，不看见吗？那一定是走了岔路。"一条视线直迫着芹的全身而泻流过来，芹的全身每个细胞都在发汗、紧张、急躁，她暗恨自己为什么不迟来些，那就免得蓓力到那里连个影儿都不见，空虚地转了来。

芹到窗口吸些凉爽的空气，她破旧褴衫的襟角在缠着她的膝盖跳舞。当蓓力同芹登上细碎的月影在水池边绕着的时候，那已是当日的夜，公园里只有蚊虫嗡嗡地飞。他们相依着，前路似乎给蚊虫遮断了，冲穿蚊虫的阵，冲穿大树的林，经过两道桥梁，他们在亭子里坐下，影子相依在栏杆上。

高高的大树，树梢相结，像一个用纱制成的大伞，在遮着月亮。风吹来大伞摇摆，下面洒着细碎的月光，春天出游少女一般地疯狂呵！蓓力的心里和芹的心里都有一个同样的激动，并且这个激动又是同样的秘密。

芹住在旅馆，孤独的心境不知都被赶到什么地方了。就是蓓力昨夜整夜不睡的痛苦，也不知被赶到什么地方了？

他为了新识的爱人芹，痛苦了一夜，本想在决堤第二天就去接芹到非家来，他像一个破了的摇篮一样，什么也盛不住，衣袋里连一毛钱也没有。去当掉自己流着棉花的破被吗？哪里肯要呢？他开始把他最好的一件制服从床板底下拿出来，拍打着尘土。他想这回一定能当一元钱的，五角钱给她买吃的送去，剩下的五角伴她乘船出来用作船费，自己尽可不必坐船去，不是在太阳岛也学了几招游泳吗？现在真的有用了。他腋挟着这件友人送给的旧制服，就如挟着珍珠似的，脸色兴奋。一家当铺的金字招牌，混杂着商店的招牌，饭馆的招牌。在这招牌的林里，他是认清哪一家是当铺了，他欢笑着，他的脸欢笑着。当铺门关了，人们嚷着正阳河开口了。回来倒在床上，床板硬得像一张石片。他恨自己了，昨天到芹那里去，为什么把裤带子丢了。就是游泳着去，也不必把裤带子解下抛在路旁，为什么那样兴奋呢？蓓力心如此想，手就在腰间摸着新买的这条皮带。他把皮带抽下来，鞭打着自己。为什么要用去五角钱呢，只要有五角钱，用手提着裤子不也是可以把自己的爱人伴出来吗？整夜他都是在这块石片的床板上懊悔着。

他住在一家饭馆的后房，他看着棚顶在飞的蝇群，壁间爬走的潮虫，他听着烧菜铁勺的声音，刀砍着肉的声音，前房食堂间酒杯声，舞女们伴着舞衣摩擦声，门外叫化子乞讨声，像箭一般地，像天空繁星一般地，穿过嵌着玻璃的窗子，一棵棵地刺进蓓力的心去。他眼睛放射红光，半点不躲避。安静的蓓力不声响地接受着。他懦弱吗？他不知痛苦吗？天空在闪烁的繁星，都晓得蓓力是怎么存心的。

就像两个从前线退回来的兵士，一离开前线，前线的炮火也跟着离开了，蓓力和芹只顾坐在大伞下听风声和树叶的叹息。

蓓力的眼睛实在不能睁开了。为了躲避芹的觉察，还几次地给自己作着掩护，说："起得早一点，眼睛有些发花。"芹像明白蓓力的用意一样，芹又给蓓力作着掩护的掩护："那么我们回去睡觉吧。"

公园门前横着小水沟，跳过水沟来斜对的那条街，就是非家了。他们向非家走去。

失眠之夜

萧红

　　为什么要这样失眠呢！烦躁，恶心，心跳，胆小，并且想要哭泣。

　　我想想，也许就是故乡的思虑吧。

　　窗子外面的天空高远了，和白棉一样绵软的云彩低近了，吹来的风好像带点草原的气味，这就是说已经是秋天了。

　　在家乡那边，秋天最可爱。

　　蓝天蓝得有点发黑，白云就像银子做成一样，就像白色的大花朵似的点缀在天上；就又像沉重得快要脱离开天空而坠了下来似的，而那天空就越显得高了，高得再没有那么高的。

　　昨天，我到朋友们的地方走了一遭，听来了好多的心愿——那许多心愿综合起来，又都是一个心愿——这回若真的打回满洲去，有的说，煮一锅高粱米粥喝；有的说，咱家那地豆多么大！说着就用手比量着，这么大，碗大；珍珠米，老的一煮就开了花的，一尺来长的；还有的说，高粱米粥、咸盐豆。还有的说，若真的打回满洲去，三天三夜不吃饭，打着大旗往家跑。跑到家去自然也免不了先吃高粱米粥或咸盐豆。

比方高粱米那东西，平常我就不愿吃，很硬，有点发涩（也许因为我有胃病的关系），可是经他们这一说，也觉得非吃不可了。

但是什么时候吃呢？那我就不知道了。而况我到底是不怎样热烈的，所以关于这一方面，我终究是不怎样亲切。

但我想我们那门前的蒿草，我想我们那后园里开着的茄子的紫色的小花，黄瓜爬上了架。而那清早，朝阳带着露珠一齐来了！

我一说到蒿草或黄瓜，三郎就向我摆手或摇头："不，我们家，门前是两棵柳树，树荫交织着做成门形。再前面是菜园，过了菜园就是山。那金字塔形的山峰，正向着我们家的门口，而两边像蝙蝠的翅膀似的向着村子的东方和西方伸展开去。而后园黄瓜、茄子也种着，最好看的是牵牛花在石头墙的缝际爬遍了，早晨带着露水牵牛花开了……"

"我们家就不这样，没有高山，也没有柳树……只有……"
我常常就这样打断他。

有时候，他也不等我说完，他就接下去。我们讲的故事，
彼此都好像是讲给自己听，而不是为着对方。

只有那么一天，他买来了一张《东北富源图》挂在墙上了，
染着黄色的平原上站着小马，小羊，还有骆驼，还有牵着骆驼
的小人；海上就是些小鱼，大鱼，黄色的鱼，红色的好像小瓶
似的大肚的鱼，还有黑色的大鲸鱼；而兴安岭和辽宁一带画着
许多和海涛似的绿色的山脉。

他的家就在离着渤海不远的山脉中，他的指甲在山脉上爬
着："这是大凌河……这是小凌河……哼……没有，这个地图
是个不完全的，是个略图……"

"好哇！天天说凌河，哪有凌河呢！"我不知为什么一提
到家乡，常常愿意给他扫兴一点。

"你不相信！我给你看。"他去翻他的书橱去了，"这不
是么！大凌河……小凌河……小孩的时候在凌河沿上捉小鱼，
拿到山上去，在石头上用火烤着吃……这边就是沈家台，离我

们家二里路……"因为是把地图摊在地板上看的缘故，一面说着，他一面用手扫着他已经垂在前额的发梢。

《东北富源图》就挂在床头，所以第二天早晨，我一张开了眼睛，他就抓住了我的手：

"我想将来我回家的时候，先买两匹驴，一匹你骑着，一匹我骑着……先到我姑姑家，再到我姐姐家……顺便也许看看我的舅舅去……我姐姐很爱我……她出嫁以后，每回来一次临走的时候就哭一次，姐姐一哭，我也哭……这有七八年不见了！也都老了。"

那地图上的小鱼，红的，黑的，都能够看清，我一边看着，一边听着，这一次我没有打断他，或给他扫一点兴。

"买黑色的驴，挂着铃子，走起来……铛啷啷铛啷啷……"他形容着铃音的时候，就像他的嘴里边含着铃子似的在响。

"我带你到沈家台去赶集。那赶集的日子，热闹！驴身上挂着烧酒瓶……我们那边，羊肉非常便宜……羊肉炖片粉……真有味道！唉呀！这有多少年没吃那羊肉啦！"他的眉毛和额头上起着很多皱纹。

我在大镜子里边看到了他，他的手从我的手上抽回去，放在他自己的胸上，而后又反背着放在枕头下面去，但很快地又抽出来。只理一理他自己的发梢又放在枕头上去。

而我呢？我想：

"你们家对于外来的所谓'媳妇'也一样吗？"我想着就这样说了。

这失眠大概也许不是因为这个。但买驴子的买驴子，吃咸盐豆的吃咸盐豆，而我呢？坐在驴子上，所去的仍是生疏的地方，我停着的仍然是别人的家乡。

家乡这个观念，在我本不甚切的，但当别人说起来的时候，我也就心慌了！虽然那块土地在没有成为日本的之前，"家"在我就等于没有了。

这失眠一直继续到黎明，在黎明之前，在高射炮的声中，我也听到了一声声和家乡一样的震抖在原野上的鸡鸣。

随着日子往前走

陆小曼

实在不是我不写，更不是我不爱写：我心里实在是想写得不得了。自从你提起了写东西，我两年来死灰色的心灵里又好像闪出了一点儿光芒，手也不觉有点儿发痒，所以前天很坚决地答应了你两天内一定挤出一点东西。谁知道昨天勇气十足地爬上写字台，摆出了十二分的架子，好像一口气就可以写完我心里要写的一切。说也可笑，才起了一个头就有点儿不自在了：眼睛看在白纸上好像每个字都在那儿跳跃。我还以为是病后力弱眼花。不管他，还是往下写！再过一忽儿，就大不成样了：头晕，手抖，足软，心跳，一切的毛病像潮水似的都涌上来了，不要说再往下写，就是再坐一分钟都办不到。在这个时候，我只得掷笔而起，立刻爬上了床，先闭了眼静养半刻再说。

虽然眼睛是闭了，可是我的思潮像水波一般的在内心起伏，也不知道是怨，是恨，是痛，我只觉得一阵阵的酸味往我脑门里冲。

我真的变成了一个废物么？我真就从此完了么？本来这三年来病鬼缠得我求死不能，求生无味；我只能一切都不想，一切都不管，脑子里永远让它空洞洞地不存一点东西，不要说是思想一点都没有，连过的日子都不知道是几月几日，每天只是随着日子往前走，饿了就吃，睡够了就爬起来。灵魂本来是早就麻木的了，这三年来是更成死灰了。可是希望恢复康健是我每天在那儿祷颂着的。所以我什么都不做，连画都不敢动笔。一直到今年的春天，我才觉得有一点儿生气，一切都比以前好得多。在这个时候正碰到你来要我写点东西，我便很高兴地答应了你。谁知道一句话才出口不到半月，就又变了腔，说不出的小毛病又时常出现。真恨人，小毛病还不算，又来了一次大毛病，一直到今天病得我只剩下了一层皮一把骨头。我身心所受的痛苦不用说，而屡次失信于你的杂志却更使我说不出的不安。所以我今天睡在床上也只好勉力地给你写这几个字。人生最难堪的是心里要做而力量做不到的事情，尤其是我平时的脾气最不喜欢失信。我觉得答应了人家而不做是最难受的。

不过我想现在病是走了，就只人太瘦弱，所以一切没有精力。可是我想再休养一些时候一定可以复原了。到那时，我一定好好地为你写一点东西。虽然我写的不成文章，也不能算诗（前晚我还做了一首呢），可是它至少可以一泄我几年来心里的苦闷。现在虽然是精力不让我写，一半也由于我懒得动，因为一提笔，至少也要使我脑子里多加一层痛苦：手写就得脑子动，脑子一动一切的思潮就会起来，于是心灵上就有了知觉。我想还不如我现在似的老是食而不知其味的过日子好，你说是不是？

虽然躺着，还有点儿不得劲儿：好，等下次再写。

缀

缪崇群

妻在她们姊妹行中是顶小的一个，出生的那一年，她的母亲已经四十岁。妻的体质和我并不相差许多。没料到她却比我在先地把血吐尽，仅仅活了二十六年，就在一个夏末秋来的晚上静静地死去了。留给我的是整个的秋天，和秋天以后的日子。

这个不幸的消息，一直隐瞒着一个老年人（没有一个老年人不在翘盼着他的幼小者的生长，对于自己的可数的日子倒是忘得干干净净的）；使老年人眼见着"黄梅未落青梅落"的情景，这种可怜的幻灭感，恐怕比他自己临终时所感到的那种情景还要伤恸的。

妻的母亲就是这样一个可怜的老人。

"五姑的病，转地疗养去了。"起初是用这样分隔的话来隐瞒着她。那时妻已经躺在一块白石碑的底下。

"发了疯的日人，不分城里城外地滥炸，把五姑糟踏了！"过了一年，抗战的炮火响亮了，时代正揭开了伟大的一幕，才把幼小者已经死亡的故事传告了这个老人。因为唯有这种措辞是合理的，也唯有这种措辞足以取信。全中国的父母都知道，为国家牺牲了的骨肉，这骨肉还是光荣的属于自己的；我们每个人都知道，死亡并不是一个终结，那解不开的仇恨，早已使我们每一个人的眼睛发光，清清楚楚地认识了：唯有凶暴的侵略者，才是我们所有的生命的敌人！

妻的墓，那是正浸在汤山的血泊里。

在炮火中又过了一年，想不到我会来到的地方，我会和妻的母亲再见了。如果这回和妻同来，我不知道对于这个雪发银头的老人，她将怎样惊异而发怔了。

"妈，看我走过千山万水还是好好的，你喜欢么？"

"喜是喜欢，只是看见落了你一个人。"

像是拾到了一件可怜惜的东西，同时也就接触到那件东西的失主的一颗更可怜惜的心。

幼小者的墓，遥遥地还留在沦陷了的区域里。梦也不会梦到。

如今我竟一个人又立在她的母亲的面前了。

虽然是轰炸之下，我们还依常地度了一些日子。

母亲戴着花镜，常常一个人坐在窗下，为我缝缀着一些破了的衣什，我感泣，我没有语句可以阻止她。

"天已经黑了，留到明朝罢。"

她不理睬，索性撕掉那些窗纸——前次已经被日人的炸弹所震裂了的窗纸，继续缝缀着。

"成功了。至少还可以穿过几个冬天的。"

人世上悲哀的日子没有停止，爱的日子也正长着……

遥想着油绿的小草，该是在妻的墓畔轻轻招展的时候了。

愿春晖与弱草，织缀着墓里的一颗安息着的心。

母亲和我，不久都会返来的。

女人与男人

周国平

在《战争与和平》中，托尔斯泰让安德列和彼尔都爱上娜塔莎，这是意味深长的。娜塔莎，她整个儿是生命，是活力，是一座小火山。对于悲观主义者安德列来说，她是抗衡悲观的欢乐的生命。对于空想家彼尔来说，她是抗衡空想的实在的生活。男人最容易患的病是悲观和空想，因而他最期待于女人的是欢乐而实在的生命。

男人喜欢上天入地。天上太玄虚，地下太阴郁，女人便把他拉回到地面上来。女人使人生更实在，也更轻松了。

女人的肉体和精神是交融在一起的，她的肉欲完全受情感支配，她的精神又带着浓烈的肉体气息。女人之爱文学，是她的爱情的一种方式。她最喜欢的作家，往往是她心目中理想配偶的一个标本。于是，有的喜欢海明威式的硬汉子，有的喜欢拜伦式的悲观主义者。

在男人那里，肉体与精神可以分离得比较远。

男人期待于女人的并非她是一位艺术家，而是她本身是一件艺术品。她会不会写诗无所谓，只要她自己就是大自然创造的一首充满灵感的诗。当然，女诗人和女权主义者听到这意见是要愤慨的。

女人的聪明在于能欣赏男人的聪明。

男人是孤独的，在孤独中创造文化。女人是合群的，在合群中传播文化。

女人很少悲观，她也许会忧郁，但更多的是烦恼。最好的女人一样也不。

快乐地生活，一边陶醉，一边自嘲，我欣赏女人的这种韵致。

女人是人类的感官，具有感官的全部盲目性和原始性。只要她们不是自卑地一心要克服自己的"弱点"，她们就能成为抵抗这个世界理性化即贫乏化的力量。

我对女人的要求与对艺术一样：自然，质朴、不雕琢，不做作。对男人也是这样。

女性温柔，男性刚强。但是，只要是自然而然，刚强在女人身上，温柔在男人身上，都不失为美。

当一位忧郁的女子说出一句极轻松的俏皮话，或者，当一位天真的女子说出一个极悲观的人生哲理，我怎么能再忘记这话语，怎么能再忘记这女子呢？强烈的对比，使我同时记住了话和人。而且，我会觉得这女子百倍地值得爱了。在忧郁背后发现了生命的活力，在天真背后发现了生命的苦恼，我惊叹了：这就是丰富，这就是深刻！

卢梭说："女人最使我们留恋的，并不一定在于感官的享受，主要还在于生活在她们身边的某种情趣。"

的确，当我们贪图感官的享受时，女人是固体，诚然是富有弹性的固体，但毕竟同我们只能有体表的接触。然而，在那样一些充满诗意的场合，女人是气体，那样温馨芬芳的气体，她在我们的四周飘荡，沁入我们的肌肤，弥漫在我们的心灵。一个心爱的女人每每给我们的生活染上一种色彩，给我们的心灵造成一种氛围，给我们的感官带来一种陶醉。

我发现，美丽的女孩子天性往往能得到比较健康的发展。也许这是因为她们从小讨人喜欢，饱吸爱的养料，而她们的错误又容易得到原谅，因而行动较少顾虑，能够自由地生长。犹如一株植物，她们得到了更加充足的阳光和更加开阔的空间，所以不致发生病态。

侵犯女人的是男人，保护女人的也是男人。女人防备男人，又依赖男人，于是有了双重的自卑。

女人用心灵思考，男人用头脑思考。不对，女人用肉体思考。男人呢？男人用女人的肉体思考。

两性之间，只隔着一张纸。这张纸是不透明的，在纸的两边，彼此高深莫测。但是，这张纸又是一捅就破的，一旦捅破，彼此之间就再也没有秘密了。

我的一位朋友说：不对，男人和女人是两种完全不同的动物，永远不可能彼此理解。

邂逅的魅力在于它的偶然性和一次性，完全出乎意料，毫无精神准备，两个陌生的躯体突然互相呼唤，两颗陌生的灵魂突然彼此共鸣。但是，倘若这种突发的亲昵长久延续下去，绝大部分邂逅都会变的索然无味了。

你占有一个女人的肉体乃是一种无礼，以后你不再去占有却是一种更可怕的无礼。前者只是侵犯了她的羞耻心，后者却侵犯了她的自尊心。

肉体是一种使女人既感到自卑、又感到骄傲的东西。男人通过征服世界而征服女人，女人通过征服男人而征服世界。

女人总是把大道理扯成小事情，男人总是把小事情扯成大道理。

男人和女人的结合，两个稳定可得稳定，一个易变、一个稳定可得易变，两个易变可得稳定，可得易变。

莫洛亚说："女人之爱强的男子只是表面的，但她们所爱的往往是强的男子的弱点。"我要补充一句：强的男子可能对千百个只知其强的崇拜者无动于衷，却会在一个知其弱点的女人面前倾倒。

我最厌恶的弱点，在男人身上是懦弱和吝啬，在女人身上是粗鲁和俗气。

两个漂亮的姑娘争吵了起来，彼此用恶言中伤。我望着她们那轮廓纤秀的嘴唇，不禁惶惑了：如此美丽的嘴唇，使男人忍不住想去吻它们，有时竟是这么恶毒的东西么？

我的一个朋友说："对男人没有怜悯可言。一个男人如果到了让人怜悯的地步，我对他就只有蔑视！" 是的，男人也会遭到失败和不幸，但只应该是这样一种失败和不幸，它在人们心目中激起的不是怜悯和同情，而是悲痛和尊敬。

普天下男人聚集在一起，也不能给女人下一个完整的定义。反之也一样。

男女关系是一个永无止境的试验。

对于异性的评价，在接触之前，最易受幻想的支配，在接触之后，最易受遭遇的支配。所以，世有歌德式的女性崇拜者，也有叔本华式的女性蔑视者。女性对男性也一样。其实，并没有男人和女人，只有这一个男人或这一个女人。

女性心理

周国平

女子乍有了心上人，心情极缠绵曲折：思念中夹着怨嗔，急切中夹着羞怯，甜蜜中夹着苦恼。一般男子很难体察其中奥秘，因为缺乏细心，或者耐心。

有时候，女人的犹豫乃至抗拒是一种期望，期望你来攻破她的堡垒。当然，前提是"意思儿真，心肠儿顺"，她的确爱上了你。她不肯投降，是因为她盼望你作为英雄去辉煌地征服她，把她变成你的光荣的战俘。

有人说，女人所寻求的只是爱情、金钱和虚荣。其实，三样东西可以合并为一样：虚荣。因为，爱情的满足在于向人夸耀丈夫，金钱的满足在于向人夸耀服饰。

当然，这里说的仅是一部分女人。但她们并不坏。

一种女人把男人当作养料来喂她的虚荣，另一种女人把她的虚荣当作养料来喂男人。

对于男人来说，女人的虚荣并非一回事。

一种女人向人展示痛苦只是为了寻求同情，另一种女人向人展示痛苦却是为了进行诱惑。对于后者，痛苦是一种装饰。

在男人眼里，女人的一点儿软弱时常显得楚楚动人。有人说俏皮话：当女人的美眸被泪水蒙住时，看不清楚的是男人。但是，不能说女人的软弱都是装出来的，她不过是巧妙地利用了自己固有的软弱罢了。女人的软弱，说到底，就是渴望有人爱她，她比男人更不能忍受孤独。对于这一点儿软弱，男人倒是乐意成全。但是，超乎此，软弱到不肯自立的地步，多数男人是要逃跑的。

自古多痴情女，薄情郎。但女人未必都是弱者，有的女人是用软弱武装起来的强者。

你占有一个女人的肉体乃是一种无礼，以后你不再去占有却是一种更可怕的无礼。前者只是侵犯了她的羞耻心，后者却侵犯了她的自尊心。

肉体是一种使女人既感到自卑、又感到骄傲的东西。

侵犯女人的是男人，保护女人的也是男人。女人防备男人，又依赖男人，于是有了双重的自卑。

女人的肉体和精神是交融在一起的，她的肉欲完全受情感支配，她的精神又带着浓烈的肉体气息。女人之爱文学，是她的爱情的一种方式。她最喜欢的作家，往往是她心目中理想配偶的一个标本。于是，有的喜欢海明威式的硬汉子，有的喜欢拜伦式的悲观主义者。

在男人那里，肉体与精神可以分离得比较远。

女性蔑视者只把女人当作欲望的对象。他们或者如叔本华，终身不恋爱不结婚，但光顾妓院，或者如拜伦、莫泊桑，一生中风流韵事不断，但决不真正堕入情网。

女人好像不在乎男人蔑视她，否则拜伦、莫泊桑身边就不会美女如云了。虚荣心（或曰纯洁的心灵）使她仰慕男人的成功（或曰才华），本能又使她期待男人性欲的旺盛。一个好色的才子使她获得双重的满足，于是对她就有了双重的吸引力。

曼青姑娘

缪崇群

曼青姑娘，现在大约已经做了人家的贤妻良母；不然，也许还在那烟花般的世界里度着她的生涯。

在亲爱的丈夫的怀抱里，娇儿女的面前，她不会想到那云烟般的往事了，在迎欢，卖笑，妩媚人的当儿，一定的，她更不会想到这芸芸的众生里，还有我这么一个人存在着，并且，有时还忆起她所不能回忆得到的——那些消灭了的幻景。

现在想起来，在灯下坐着高板凳，一句一句热心地教她读书的是我；在白墙上写黑字，黑墙上写白字骂她的也是我；一度一度地，在激情下切恨她的是我；一度一度地，当着冷静，理智罩在心底的时刻，怜悯她、同情她的又是我……

她是我们早年的一个邻居，他们的家，简单极了，两间屋子，

便装满了她们所有的一切。同她住在一起的是她的母亲；听说丈夫是有的，他在很远很远的地方做着官吏。

每天，她不做衣，她也不缝衣。她的眉毛好像生着为发愁来的，终日地总是蹙在一起。旁人看见她这种样子，都暗暗地说曼青姑娘太寂寥了。

做邻居不久，我们便很熟悉了。不知是怎么一种念头，她想认字读书了，于是就请我当作她的先生。我那时一点也没有推辞，而且很勇敢地应允了；虽然那时我还是一个高小没有毕业的学生。

"人，手，足，刀，尺。"我用手指一个一个地指。

"人，手，足，刀，尺。"她小心翼翼地点着头儿读。

我们没有假期，每天我这位热心的先生，总是高高地坐在凳上，舌敝唇焦地教她。不到一个月的工夫，差不多就教完"初等国文教科书"第一册了。

换到第二册，我又给她添了讲解，她似乎听得更津津有味地起来。

"园中花，朵朵红。

我呼姊姊，快来看花。"

......

"懂了么？"

"嗯——"

"真懂了么？不懂的要问，我还可以替你再讲的。"

"那——"

"那么明天我问！"我说的时候很郑重，心里却很高兴。我好像真个是一个先生了；而且能够摆出了一点先生的架子似的。

然而，这位先生终究是一个孩子，有时因为一点小事便恼怒了。在白墙上用炭写了许多"郭曼青，郭曼青……"；在黑墙上又用粉笔写了许多"郭曼青，郭曼青……"。罢教三日，这是常有的事。到了恢复的时候，她每每不高兴地咕噜着！

"你尽写我的名字。"

现在想起来也真好笑，要不是我教会了她的名字，她怎么会知道我写的是她的名字呢？

几个月的成绩如何，我并没有实际考察过，但最低的限度，她已经是一个能够认识她自己名字的人。

哥哥病的时候，她们早已迁到旁的地方去了，哥哥死后，母亲倒有一次提过曼青姑娘的事，那时我还不很懂呢。母亲说：

"郭家的姑娘不是一个好人。有一次你哥哥从学校回来，已经夜了，是她出去开的门，她捏你哥哥的手……"

"哥哥呢？"

"没有睬她。"

我想起哥哥在的时候，他每逢遇着曼青姑娘，总是和蔼地笑，也不为礼。曼青姑娘呢，报之以笑，但笑过后便把头低下去了。

曼青姑娘的模样，我到现在还是记得清清楚楚的，她的眼睛并不很大，可是睐睐的最媚人；她的身材不很高，可是确有袅娜的风姿。在我记忆中的女人，大约曼青姑娘是最美丽的了。同时，她母亲的模样，在我脑中也铭刻着最深的印象；我从来没有见过那样神秘、鬼蜮难看的女人。的确地，她真仿佛我从故事里听来的巫婆一样；她或者真是一个人间的典型的巫婆也未可知。

她们虽然离开我们了，而曼青姑娘的母亲，还是不断地来找我们。逢到母亲忧郁的时候，她也装成一副带愁的面孔陪着，母亲提起了我的哥哥，她也便说起我的哥哥。

"真是怪可惜的，那么一个聪明秀气，那么一个温和谦雅的人……我和姑娘；谁不夸他好呢？偏偏不长寿……"

母亲如果提到曼青姑娘，她于是又说起了她。

"姑娘也是一个命苦的人，这些日子尽阴自哭了，问她为什么，她也不肯说。汤先生——那个在这地作官的——还是春天来过一封信，寄了几十块钱，说夏天要把姑娘接回南……可是直到现在，也没有见他的影子。"

说完了是长吁短叹，好像人世难过似的。

她每次来，都要带着一两个大小的包袱，当她临走的时候，才从容，似乎顺便地说：

"这是半匹最好的华丝葛，只卖十块钱；这是半打丝袜子，只卖五块……这些东西要在店里买去，双倍的价钱恐怕也买不来的。留下一点吧，我是替旁人弄钱，如果要，还可以再少一点的，因为都不是外人……"

母亲被她这种花言巧语蛊惑着，上当恐怕不只一次了。后来渐渐窥破了她的伎俩，便不再买她的东西了。母亲也发现了她同时是一个可怕的巫婆么？我不知道。

我到了哥哥那样年龄，我也住到学校的宿舍里去。每逢回家听见母亲提到曼青姑娘的事，已不似以前那样的茫然。后来我又曾听说过，我们的米，我们的煤，我们的钱，都时常被父亲遣人送到曼青姑娘家里去，也许吧，人家要说这是济人之急的，但我对于这种博大的同情，分外的施与，总是禁不住地怀疑。

啊，我想起来了，那丝袜的来源，那绸缎的赠送者了……那是不是一群愚笨可笑的呆子呢？

美女的笑，给你，也会给他，给了一切的人。巫婆的计，售你，也会售他；售了一切的人。

曼青姑娘是一个桃花般的女子，她的颜色，恐怕都是吸来了无数人们的血液化成的。

在激情下我切齿恨她了；同时我也切齿恨了所有人类的那种丑恶的根性！

曼青姑娘，听说后来又几度地嫁过男人，最后，终于被她母亲卖到娼家去了。

究竟摆脱不过的是人类的丑恶的根性，还是敌不过那巫婆的诡计呢？我有时一想到郭家的事，便这样被没有答案地忿恨而哽怅着。

然而，很凑巧地，后来我又听人说到曼青姑娘了；说她是从幼抱来的，她所唤的母亲，并不是生她的母亲，而是一个世间的巫婆。

在冷静独思的当儿，理智罩在我心底的时刻，我又不得不替曼青姑娘这样想了：她的言笑，她的举止，她的一切，恐怕那都是鞭笞下的产物；她的肉体和灵魂，长期被人蹂躏而玩弄着；她的青春没有一朵花，只换来了几个金钱，装在那个巫婆的口袋里罢了……

在这广大而扰攘的世间，她才是一个最可怜而且孤独的人。怜悯她的，同情她的固然没有，就是知道她的人，恐怕也没有几个吧。

卷二

深深的情，浅浅地诉

小城三月（节选）

萧红

五

　　翠姨订婚，转眼三年了，正这时，翠姨的婆家通了消息来，张罗要娶。她的母亲来接她回去整理嫁妆。

　　翠姨一听就得病了。但没几天，她的母亲就带着她到哈尔滨采办嫁妆去了。偏偏那带着她采办嫁妆的向导又是哥哥给介绍来的他的同学。他们住在哈尔滨的秦家岗上，风景绝佳，是洋人最多的地方。那男学生们的宿舍里边，有暖气、洋床。翠姨带着哥哥的介绍信，像一个女同学似的被他们招待着。又加上已经学了俄国人的规矩，处处尊重女子，所以翠姨当然受了他们不少的尊敬，请她吃大菜，请她看电影。坐马车的时候，上车让她先上，下车的时候，人家扶她下来。她每一动别人都为她服务，外套一脱，就接过去了。她刚一表示要穿外套，就给她穿上了。

不用说，买嫁妆她是不痛快的，但那几天，她总算一生中最开心的时候。

她觉得到底是读大学的人好，不野蛮，不会对女人不客气，绝不能像她的妹夫常常打她的妹妹。

经这到哈尔滨去一买嫁妆，翠姨就更不愿意出嫁了。她一想那个又丑又小的男人，她就恐怖。

她回来的时候，母亲又接她来到我们家来住着，说她的家里又黑，又冷，说她太孤单可怜。我们家是一团暖气的。

到了后来，她的母亲发现她对于出嫁太不热心，该剪裁的衣裳，她不去剪裁。有一些零碎还要去买的，她也不去买。

做母亲的总是常常要加以督促，后来就要接她回去，接到她的身边，好随时提醒她。

她的母亲以为年轻的人必定要随时提醒的，不然总是贪玩。而况出嫁的日子又不远了，或者就是二、三月。

想不到外祖母来接她的时候，她从心地不肯回去，她竟很勇敢地提出来她要读书的要求。她说她要念书，她想不到出嫁。

开初外祖母不肯，到后来，她说若是不让她读书，她是不出嫁的，外祖母知道她的心情，而且想起了很多可怕的事情……

外祖母没有办法，依了她。给她在家里请了一位老先生，就在自己家院子的空房子里边摆上了书桌，还有几个邻居家的姑娘，一齐念书。

翠姨白天念书，晚上回到外祖母家。

念了书，不多日子，人就开始咳嗽，而且整天的闷闷不乐。她的母亲问她，有什么不如意？陪嫁的东西买得不顺心吗？或者是想到我们家去玩吗？什么事都问到了。

翠姨摇着头不说什么。

过了一些日子，我的母亲去看翠姨，带着我的哥哥，他们一看见她，第一个印象，就觉得她苍白了不少。而且母亲断言地说，她活不久了。

大家都说是念书累的，外祖母也说是念书累的，没有什么要紧的，要出嫁的女儿们，总是先前瘦的，嫁过去就要胖了。

而翠姨自己则点点头，笑笑，不承认，也不加以否认。还是念书，也不到我们家来了，母亲接了几次，也不来，回说没有工夫。

翠姨越来越瘦了，哥哥去到外祖母家看了她两次，也不过是吃饭，喝酒，应酬了一番。而且说是去看外祖母的。在这里年轻的男子，去拜访年轻的女子，是不可以的。哥哥回来也并不带回什么欢喜或是什么新的忧郁，还是一样和大家打牌下棋。

翠姨后来支持不了啦，躺下了，她的婆婆听说她病，就要娶她，因为花了钱，死了不是可惜了吗？这一种消息，翠姨听了病就更加严重。婆家一听她病重，立刻要娶她。

因为在迷信中有这样一章，病新娘娶过来一冲，就冲好了。翠姨听了就只盼望赶快死，拼命地糟蹋自己的身体，想死得越快一点儿越好。

母亲记起了翠姨，叫哥哥去看翠姨。是我的母亲派哥哥去的，母亲拿了一些钱让哥哥给翠姨去，说是母亲送她在病中随便买点什么吃的。母亲晓得他们年轻人是很拘泥的，或者不好意思去看翠姨，也或者翠姨是很想看他的，他们好久不能看见了。同时翠姨不愿出嫁，母亲很久地就在心里边猜疑着他们了。

男子是不好去专访一位小姐的，这城里没有这样的风俗。

母亲给了哥哥一件礼物，哥哥就可去了。

哥哥去的那天，她家里正没有人，只是她家的堂妹妹应接着这从未见过的生疏的年轻的客人。

那堂妹妹还没问清客人的来由，就往外跑，说是去找她们的祖父去，请他等一等。

大概她想是凡男客就是来会祖父的。

客人只说了自己的名字，那女孩子连听也没有听就跑出去了。

哥哥正想，翠姨在什么地方？或者在里屋吗？翠姨大概听出什么人来了，她就在里边说："请进来。"

哥哥进去了，坐在翠姨的枕边，他要去摸一摸翠姨的前额是否发热，他说："好了点吗？"

他刚一伸出手去，翠姨就突然地拉了他的手，而且大声地哭起来了，好像一颗心也哭出来了似的。哥哥没有准备，就很害怕，不知道说什么做什么。他不知道现在应该是保护翠姨的地位，还是保护自己的地位。同时听得见外边已经有人来了，就要开门进来了。一定是翠姨的祖父。

翠姨平静地向他笑着，说："你来得很好，一定是姐姐告诉你来的，我心里永远纪念着她，她爱我一场，可惜我不能去看她了……我不能报答她了……不过我总会记起在她家里的日子的……她待我也许没有什么，但是我觉得已经太好了……我永远不会忘记的……

"我现在也不知道为什么，心里只想死得快一点就好，多活一天也是多余的……人家也许以为我是任性……其实是不对的，不知为什么，那家对我也是很好的，我要是过去，他们对我也会是很好的，但是我不愿意。我小时候，就不好，我的脾气总是不从心的事，我不愿意……这个脾气把我折磨到今天了……可是我怎能从心呢……真是笑话……谢谢姐姐她还惦着我……请你告诉她，我并不像她想的那么苦呢，我也很快乐……"翠姨痛苦地笑了一笑，"我心里很安静，而且我求的我都得到了……"

哥哥茫然的不知道说什么，这时祖父进来了。看了翠姨的热度，又感谢了我的母亲，对我哥哥的降临，感到荣幸。他说请我母亲放心吧，翠姨的病马上就会好的，好了就嫁过去。

哥哥看了翠姨就退出去了，从此再没有看见她。

哥哥后来提起翠姨常常落泪，他不知翠姨为什么死，大家也都心中纳闷。

尾声

等我到春假回来，母亲还当我说："要是翠姨一定不愿意出嫁，那也是可以的，假如他们当我说。"

……

翠姨坟头的草籽已经发芽了，一掀一掀地和土粘成了一片，坟头显出淡淡的青色，常常会有白色的山羊跑过。

这时城里的街巷，又装满了春天。

暖和的太阳，又转回来了。

街上有提着筐子卖蒲公英的了，也有卖小根蒜的了。更有些孩子们他们按着时节去折了那刚发芽的柳条，正好可以拧成哨子，就含在嘴里满街地吹。声音有高有低，因为那哨子有粗有细。

大街小巷，到处的呜呜呜，呜呜呜。好像春天是从他们的手里招待回来了似的。

但是这为期甚短，一转眼，吹哨子的不见了。

接着杨花飞起来了，榆钱飘满了一地。

在我的家乡那里，春天是快的，五天不出屋，树发芽了，再过五天不看树，树长叶了，再过五天，这树就像绿得使人不认识它了。使人想，这棵树，就是前天的那棵树吗？

自己回答自己，当然是的。春天就像跑的那么快。好像人能够看见似的，春天从老远的地方跑来了，跑到这个地方只向人的耳朵吹一句小小的声音："我来了呵"，而后很快地就跑过去了。

春，好像它不知多么忙迫，好像无论什么地方都在招呼它，假若它晚到一刻，阳光会变色的，大地会干成石头，尤其是树木，那真是好像再多一刻工夫也不能忍耐，假若春天稍稍在什么地方流连了一下，就会误了不少的生命。

春天为什么它不早一点来，来到我们这城里多住一些日子，而后再慢慢地到另外的一个城里去，在另外一个城里也多住一些日子。

但那是不能的了，春天的命运就是这么短。

年轻的姑娘们，她们三两成双，坐着马车，去选择衣料去了，因为就要换春装了。

她们热心地弄着剪刀，打着衣样，想装成自己心中想得出的那么好，她们白天黑夜地忙着，不久春装换起来了，只是不见载着翠姨的马车来。

纪念刘和珍①君

鲁迅

一

　　中华民国十五年三月二十五日，就是国立北京女子师范大学为十八日在段祺瑞执政府前遇害的刘和珍、杨德群②两君开追悼会的那一天，我独在礼堂外徘徊，遇见程君③，前来问我道，"先生可曾为刘和珍写了一点什么没有？"我说"没有"。她就正告我，"先生还是写一点吧，刘和珍生前就很爱看先生的文章。"

　　这是我知道的，凡我所编辑的期刊，大概是因为往往有始无终之故吧，销行一向就甚为寥落，然而在这样的生活艰难中，毅然预定了《莽原》④全年的就有她。我也早觉得有写一点东西的必要了，这虽然于死者毫不相干，但在生者，却大抵只能如此而已。倘使我能够相信真有所谓"在天之灵"，那自然可以得到更大的安慰——但是，现在，却只能如此而已。

可是我实在无话可说。我只觉得所住的并非人间。四十多个青年的血，洋溢在我的周围，使我艰于呼吸视听，哪里还能有什么言语？长歌当哭，是必须在痛定之后的。而此后几个所谓学者文人的阴险的论调，尤使我觉得悲哀。我已经出离愤怒了。我将深味这非人间的浓黑的悲凉，以我的最大哀痛显示于非人间，使它们快意于我的苦痛，就将这作为后死者的菲薄的祭品，奉献于逝者的灵前。

二

真的猛士，敢于直面惨淡的人生，敢于正视淋漓的鲜血。

这是怎样的哀痛者和幸福者？然而造化又常常为庸人设计，以时间的流驶，来洗涤旧迹，仅使留下淡红的血色和微漠的悲哀。在这淡红的血色和微漠的悲哀中，又给人暂得偷生，维持着这似人非人的世界。我不知道这样的世界何时是一个尽头！

我们还在这样的世上活着，我也早觉得有写一点东西的必要了。离三月十八日也已有两星期，忘却的救主快要降临了罢，我正有写一点东西的必要了。

三

在四十余被害的青年之中，刘和珍君是我的学生。学生云者，我向来这样想，这样说，现在却觉得有些踌躇了，我应该对她奉献我的悲哀与尊敬。她不是"苟活到现在的我"的学生，是为了中国而死的中国的青年。

她的姓名第一次为我所见，是在去年夏初杨荫榆女士做女子师范大学校长，开除校中六个学生自治会职员的时候⑤。其中的一个就是她，但是我不认识。直到后来，也许已经是刘百昭率领男女武将，强拖出校之后了，才有人指着一个学生告诉我，说：这就是刘和珍。其时我才能将姓名和实体联合起来，心中却暗自诧异。我平素想，能够不为势利所屈，反抗一广有羽翼的校长的学生，无论如何，总该是有些桀骜锋利的，但她却常常微笑着，态度很温和。待到偏安于宗帽胡同⑥，赁屋授课之后，她才始来听我的讲义，于是见面的回数就较多了，也还是始终微笑着，态度很温和。待到学校恢复旧观⑦，往日的教职员以为责任已尽，准备陆续引退的时候，我才见她虑及母校前途，黯然至于泣下。此后似乎就不相见。

　　总之，在我的记忆上，那一次就是永别了。

四

　　我在十八日早晨，才知道上午有群众向执政府请愿的事，下午便得到噩耗，说卫队居然开枪，死伤至数百人，而刘和珍君即在遇害者之列。但我对于这些传说，竟至于颇为怀疑。

　　我向来是不惮以最坏的恶意，来推测中国人的，然而我还不料，也不信竟会下劣凶残到这地步。况且始终微笑着的和蔼的刘和珍君，更何至于无端在府门前喋血呢？

然而即日证明是事实了，作证的便是她自己的尸骸。还有一具，是杨德群君的。而且又证明着这不但是杀害，简直是虐杀，因为身体上还有棍棒的伤痕。

但段政府就有令，说她们是"暴徒"！

但接着就有流言，说她们是受人利用的。

惨象，已使我目不忍视了；流言，尤使我耳不忍闻。我还有什么话可说呢？我懂得衰亡民族之所以默无声息的缘由了。沉默呵，沉默呵！不在沉默中爆发，就在沉默中灭亡。

五

但是，我还有要说的话。

我没有亲见，听说，她，刘和珍君，那时是欣然前往的。

自然，请愿而已，稍有人心者，谁也不会料到有这样的罗网。

但竟在执政府前中弹了，从背部入，斜穿心肺，已是致命的创伤，只是没有便死。同去的张静淑[①]君想扶起她，中了四弹，其一是手枪，立仆；同去的杨德群君又想去扶起她，也被击，弹从左肩入，穿胸偏右出，也立仆。但她还能坐起来，一个兵在她头部及胸部猛击两棍，于是死掉了。

始终微笑的和蔼的刘和珍君确是死掉了，这是真的，有她自己的尸骸为证；沉勇而友爱的杨德群君也死掉了，有她自己的尸骸为证；只有一样沉勇而友爱的张静淑君还在医院里呻吟。当三个女子从容地转辗于文明人所发明的枪弹的攒射中的时候，这是怎样的一个惊心动魄的伟大呵！中国军人的屠戮妇婴的伟绩，八国联军的惩创学生的武功，不幸全被这几缕血痕抹杀了。

但是中外的杀人者却居然昂起头来，不知道个个脸上有着血污……。

六

时间永是流驶，街市依旧太平，有限的几个生命，在中国是不算什么的，至多，不过供无恶意的闲人以饭后的谈资，或者给有恶意的闲人作"流言"的种子。至于此外的深的意义，我总觉得很寥寥，因为这实在不过是徒手的请愿。人类的血战前行的历史，正如煤的形成，当时用大量的木材，结果却只是一小块，但请愿是不在其中的，更何况是徒手。

然而既然有了血痕了，当然不觉要扩大。至少，也当浸渍了亲族，师友，爱人的心，纵使时光流驶，洗成绯红，也会在微漠的悲哀中永存微笑的和蔼的旧影。陶潜[9]说过，"亲戚或余悲，他人亦已歌，死去何所道，托体同山阿。"倘能如此，这也就够了。

七

我已经说过：我向来是不惮以最坏的恶意来推测中国人的。但这回却很有几点出于我的意外。一是当局者竟会这样地凶残，一是流言家竟至如此之下劣，一是中国的女性临难竟能如是之从容。

我目睹中国女子的办事，是始于去年的，虽然是少数，但看那干练坚决，百折不回的气概，曾经屡次为之感叹。至于这一回在弹雨中互相救助，虽殒身不恤的事实，则更足为中国女子的勇毅，虽遭阴谋秘计，压抑至数千年，而终于没有消亡的明证了。倘要寻求这一次死伤者对于将来的意义，意义就在此罢。

苟活者在淡红的血色中,会依稀看见微茫的希望,真的猛士,将更奋然而前行。

呜呼，我说不出话，但以此纪念刘和珍君！

注释:

① 刘和珍（1904—1926),江西南昌人，北京女子师范大学英文系学生。

② 杨德群（1902—1926),湖南湘阴人，北京女子师范大学国文系预科学生。

③ 程毅志，湖北孝感人，北京女子师范大学教育系学生。

④《莽原》文艺刊物，半月刊，由鲁迅编辑。

⑤ 在北京女子师范大学学生反对校长杨荫榆的风潮中，杨荫榆于一九二五年五月七日借召开"国耻纪念会"强行登台做主席，但立即为全场学生的嘘声所赶走。下午，她在西安饭店召集若干教员宴饮，阴谋迫害学生。九日，

假借评议会名义开除许广平、刘和珍、蒲振声、张平江、郑德音、姜伯谛等六个学生自治会职员。

⑥ 反对杨荫榆的女师大学生被赶出学校后，在西城宗帽胡同租赁房屋作为临时校舍，于一九二五年九月二十一日开学。当时鲁迅和一些进步教师曾去义务授课，表示支持。

⑦ 女师大学生经过一年多的斗争，在社会进步力量的声援下，于一九二五年十一月三十日迁回宣武门内石驸马大街原址，宣告复校。

⑧ 张静淑（1902—1978) 湖南长沙人，北京女子师范大学教育系学生。受伤后经医治，幸得不死。

⑨ 晋代诗人陶渊明。下及诗句出自其所作的《挽歌》。

花瓶时代

庐隐

这不能不感谢上苍，它竟大发慈悲，感动了这个世界上傲岸自尊的男人，高抬贵手，把妇女释放了，从奴隶阶级中解放了出来。现代的妇女，大可扬眉吐气地走着她们花瓶时代的红运，虽然花瓶，还只是一件玩艺儿，不过比起从前被锁在大门以内作执箕帚，和泄欲制造孩子的机器，似乎多少差强人意吧！

至少花瓶是一种比较精致的器具，可以装饰在堂皇富丽的大厅里，银行的柜台畔，办公室的桌子上，可以引起男人们超凡入圣的美感，把男人们堕落的灵魂，从十八层地狱中，提上人世间；有时男人们工作疲倦了，正要诅咒生活的枯燥，乃一举眼视线不偏不倚地，投射到花瓶上，全身紧张着的神经松了，趣味油然而生。这不是花瓶的价值和对人类的贡献吗？唉，花瓶究竟不是等闲物呀！

但是花瓶们，且慢趾高气扬，你就是一只被诗人济慈所歌颂过的古希腊名贵的花瓶。说不定有一天，要被这些欣赏而鼓舞着你们的男人们，嫌你们中看不中吃，砰的一声把你们摔得粉碎呢！

所以这个花瓶的命运，究竟太悲惨；你们要想自救，只有自己决心把这花瓶的时代毁灭，苦苦修行，再入轮回，得个人身，才有办法。而这种苦修全靠自我的觉醒。不能再妄想从男人们那里求乞恩惠，如果男人们的心胸，能如你们所想象的，伟大无私，那么，这世界上的一切幻梦，都将成为事实了！而且男人们的故示宽大，正促使你们毁灭，不要再装腔作势，搔首弄姿地在男人面前自命不凡吧！花瓶的时代，正是暴露人类的羞辱与愚蠢呵！

凤子进城

缪崇群

　　才是黄昏的时刻，因为房子深邃，已经显得非常黑暗了。对面立着一个小女孩子，看不清她的相貌，只觉得她的身材比八仙桌子高不了许多。

　　嫌房子黑，也想看一看这个小人。

　　"会擦洋灯罩子吗？"我指了一指那盏放在桌子当中的美孚行的红洋油灯。

　　迟疑，没有回答。

　　连自己想着也怕麻烦，便划了一根火柴把它点着了。

　　骤然的光亮，使她的眼睛感着一种苦涩的刺激似的。

　　"我们乡里下不点灯，天黑了就上床睡觉了。"边说着边不停地眨着眼。话的声调很清楚，样子是伶俐的。

看见她有一张薄薄的嘴，扁扁的鼻子，细小的眼睛，一根黄黄的短辫子，拖着的是一副灰白的脸。

想到刚才介绍人说的她的年龄，不大相信起来了。

"看你只有十一二岁，别瞒人。"

"十六，真的是十六，我属羊子的。"

"属羊子的十六——"

她急忙点着头，自己接连着说：

"我大姐二十四，我二哥十九，我小哥十八，我，我十六，小毛子十四，小丫头十一，春子——春子九岁……"

知道她也许真的是十六岁了，想——乡村里的孩子是这样地长大不起来啊！一群一群没有营养的小孩子的面庞，无数只的瘦小的手，像是在眼前陈列了起来，伸举起来了。

"春子是顶小的了。"想止住了她的话，免得她再计算再背。

她摇了一摇头，随着搬起左手的小指和无名指说：

"还有两个，一个吃着奶，一个才会走。"

"你们家里的人可真不少了。"

"还送掉两个给人哩。小毛子给人家做养媳，他们家里穷，也在家里。"

“对了，还没有问你叫什么名子哩。”

“我叫凤子。”

听到这个好名字，却想到了许多不幸的小孩子们的名子了。她们叫金宝，她们叫银子，她们叫小喜子，叫小红儿……可是她们是贫贱的，褴褛的，饥饿的，她们毫无生气地在茅草棚里，在土坯洞里活着，像没有在地上映过一个影子似的那么寂寞，那么短促地又离散了又死亡了。不知怎么，这个初进城的凤子，带来了一种时代的忧郁的气氛，仿佛把这一间房子罩得更阴沉了一些似的了。

晚饭的时候，让凤子也坐在一旁吃。拨了一碟腌菜，和空了一半的咸蛋。她吃得不住口，说也不住口：

“我们乡里下的菜可没有这多油，一酒杯要炒一大锅，蛋是谁也舍不得吃，两个半铜板一个，拿去换盐换米，他们一贩到城里就卖六七个铜板了。我们有七只鸭，天天放到河里，有了歹人，偷一只，偷一只，偷一只，后来都偷光了。”放下了碗筷，拿手比着势子，说挺肥挺大的。她爹也想出来了，乡下的日子过不了。

问她爹会做什么，凤子说顶有力气，会烧大锅的饭……

"我进城来爹爹送了我很远很远，他说他长了这么大还没有进过城，倒是我能来了。他又回去了……真的，他顶有力气，他会烧大锅的饭。"

她停顿着，像在探试着她的推荐有没有效果似的。

谁能告诉她的爹的力气有什么用处呢？城里头就是有千万个烧大锅饭人的地方，饥饿的乡里人怕也只是徒然望着他家里的那个张着大嘴的空大锅叹息吧？

吃罢饭，凤子到老虎灶冲水去了，去了很久，她的介绍人又来了。笑着，是一个狡猾的有油的家伙。他把凤子带走了。

后院的陈妈说刚才老虎灶上有人拖凤子的辫子，摸她的脸。

"外边尽是歹人！"是她的结语。

凤子进城了，怕又到了城的另一隅了。城像一个张着口的大锅，恐怕不用油，也能炒熟了许多许多东西的吧。

彼此

林徽因

朋友又见面了，点点头笑笑，彼此晓得这一年不比往年，彼此是同增了许多经验。个别地说，这时间中每一人的经历虽都有特殊的形相，含着特殊的滋味，需要个别的情绪来分析来描述。

综合地说，这许多经验却是一整片仿佛同式同色，同大小，同分量的迷惘。你触着那一角，我碰上这一头，归根还是那一片迷惘笼罩着彼此。七月！——这两字就如同史歌的开头那么有劲。——八月，九月带来了那狂风。后来，后来过了年，——那无法忘记的除夕！——又是那一月、二月、三月，到了七月，再接再厉地又到了年夜。现在又是一月二月在开始……谁记得最清楚，这串日子是怎样地延续下来，生活如何地变？想来彼此都不会记得过分清晰，一切都似乎在迷离中旋转，但谁又会忘掉那么切肤的重重忧患的网膜？

经过炮火或流浪的洗礼，变换又变换的日月，难道彼此脸上没有一点记载这经验的痕迹？但是当整一片国土纵横着创痕，大家都是"离散而相失……去故乡而就远"，自然"心婵媛而伤怀兮，眇不知其所蹠①"，脸上所刻那几道并不使彼此惊讶，所以还只是笑笑好。口角边常添几道酸甜的纹路，可以帮助彼此咀嚼生活。何不默认这一点：在迷惘中人最应该有笑，这种的笑，虽然是敛住神经，敛住肌肉，仅是毅力的后背，它却是必需的，如同保护色对于许多生物，是必需的一样。

那一晚在××江心，某一来船的甲板上，热臭的人丛中，他记起他那时的困顿饥渴和狼狈，旋绕他头上的却是那真实倒如同幻象，幻象又成了真实的狂敌杀人的工具，敏捷而近代型的飞机：美丽得像鱼像鸟……这里黯然的一掬笑是必需的，因为同样的另外一个人懂得那原始的骤然唤起纯筋肉反射作用的恐怖。他也正在想那时他在××车站台上露宿，天上有月，左右有人，零落如同被风雨摧落后的落叶，瑟索地蜷伏着，他们心里都在回味那一天他们所初次尝到的敌机的轰炸！谈话就可以这样无限制地延长，因为现在都这样的记忆——比这样更辛辣苦楚的——在各人心里真是太多了！随便提起一个地名大家所熟悉的都会或商埠，随着全会涌起怎样的一个最后印象！

再说初入一个陌生城市的一天，——这经验现在又多普遍——尤其是在夜间，这里就把个别的情形和感触除外，在大家心底曾留下的还不是一剂彼此都熟识的清凉散？苦里带涩，那滋味侵入脾胃时，小小的冷噤会轻轻在背脊上爬过，用不着丝毫锐性的感伤！也许他可以说他在那夜进入某某城内时，看到一列小店门前凄惶的灯，黄黄的发出奇异的晕光，使他嗓子里如梗着刺，感到一种发紧的触觉。你所记得的却是某一号车站后面黯白的煤汽灯射到陌生的街心里，使你心里好像失落了什么。

那陌生的城市，在地图上指出时，你所经过的同他所经过的也可以有极大的距离，你同他当时的情形也可以完全的不相同。但是在这里，个别的异同似乎非常之不相干；相干的仅是你我会彼此点头，彼此会意，于是也会彼此地笑笑。

七月在卢沟桥与敌人开火以后，纵横中国土地上的脚印密密地衔接起来，更加增了中国地域广漠的证据。每个人参加过这广漠地面上流转的大韵律的，对于尘土和血，两件在寻常不多为人所理会的，极寻常的天然质素，现在每人在他个别的角上，对它们都发生了莫大亲切的认识。每一寸土，每一滴血，这种话，已是可接触，可把持的十分真实的事物，不仅是一句话一个"概念"而已。

在前线的前线，兴奋和疲劳已掺拌着尘土和血另成一种生活的形体魂魄。睡与醒中间，饥与食中间，生和死中间，距离短得几乎不存在！生活只是一股力，死亡一片沉默的恨，事情简单得无可再简单。尚在生存着的，继续着是力，死去的也继续着堆积成更大的恨。恨又生力，力又变恨，惘惘地却勇敢地循环着，其他一切则全是悬在这两者中间悲壮热烈地穿插。

在后方，事情却没有如此简单，生活仍然缓弛地伸缩着；食宿生死间距离恰像黄昏长影，长长的，尽向前引伸，像要扑入夜色，同夜溶成一片模糊。在日夜宽泛的循回里于是穿插反更多了，真是天地无穷，人生长勤。生之穿插零乱而琐屑，完全无特殊的色泽或轮廓，更不必说英雄气息壮烈成分。斑斑点点仅像小血锈凝在生活上，在你最不经意中烙印生活。如果你有志不让生活在小处颓败②，逐渐减损，由锐而钝，由张而弛，你就得更感谢那许多极平常而琐碎的磨擦，无日无夜地透过你的神经、肌肉或意识。这种时候，叹息是悬起了，因一切虽然细小，却绝非从前所熟识的感伤。每件经验都有它粗壮的真实，没有叹息的余地。口边那酸甜的纹路是实际哀乐所刻画而成，是一种坚忍韧性的笑。因为生活既不是简单的火焰，它本身是很沉重，需要韧性地支持，需要产生这韧性支持的力量。

现在后方的问题，是这种力量的源泉在哪里？决不凭着平日均衡的理智——那是不够的，天知道！尤其是在这时候，情感就在皮肤底下"踊跃其若汤"，似乎它所需要的是超理智的冲动！现在后方被缓的生活，紧的情感，两面磨擦得愁郁无快，居戚戚而不可解，每个人都可以苦恼而又热情地唱"终长夜之曼曼兮，掩此哀而不去"③或"宁溘死而流亡兮，不忍为此之常愁"④！支持这日子的主力在哪里呢？你我生死，就不检讨它的意义以自大。也还需要一点结实的凭借才好。

我认得有个人，很寻常地过着国难日子的寻常人，写信给他朋友说，他的嗓子虽然总是那么干哑，他却要哑着嗓子私下告诉他的朋友：他感到无论如何在这时候，他为这可爱的老国家带着血活着，或流着血或不流着血死去，他都觉到荣耀，异于寻常的，他现在对于生与死都必然感到满足。这话或许可以在许多心弦上叩起回响，我常思索这简单朴实的情感是从哪里来的。信念？像一道泉流透过意识，我开始明了理智同热血的冲动以外，还有个纯真的力量的出处。信心产生力量，又可储蓄力量。

信仰坐在我们中间多少时候了，你我可曾觉察到？信仰所给予我们的力量不也正是那坚忍韧性的倔强？我们都相信，我们只要都为它忠贞地活着或死去，我们的大国家自会永远地向前迈进，由一个时代到又一个时代。我们在这生是如此艰难，死是这样容易的时候，彼此仍会微笑点头的缘故也就在这里吧？现在生活既这样的彼此患难同味，这信心自是，我们此时最主要的联系，不信你问他为什么仍这样硬朗地活着，他的回答自然也是你的回答，如果他也问你。

信仰坐在我们中间多少时候了？那理智热情都不能代替的信心！

思索时许多事，在思流的过程中，总是那么晦涩，明了时自己都好笑所想到的是那么简单明显的事实！此时我拭下额汗，差不多可以意识到自己口边的纹路，我尊重着那酸甜的笑，因为我明白起来，它是力量。

话不用再说了，现在一切都是这么彼此，这么共同，个别的情绪这么不相干。当前的艰苦不是个别的，而是普遍的，充满整一个民族，整一个时代！我们今天所叫作生活的，过后它便是历史。客观的无疑我们彼此所熟识的艰苦正在展开一个大时代。所以别忽略了我们现在彼此地点点头。且最好让我们共同酸甜的笑纹，有力地，坚韧地，横过历史。

注释：

① 两句引文皆出自屈原《九章·哀郢》。

② 读作 yǔ bài，意为腐败。

③ 出自屈原《九章·悲回风》。

④ 出自屈原《离骚》。

刘云波女医师

朱自清

刘云波是成都的一位妇产科女医师，在成都执行医务，上十年了。她自己开了一所宏济病院，抗战期中兼任成都中央军校医院妇产科主任，又兼任成都市立医院妇产科主任。胜利后军校医院复员到南京，她不能分身前去，去年又兼任了成都高级医事职业学校的校长，我写出这一串履历，见出她是个忙人。忙人原不稀奇，难得的她决不挂名而不做事；她是真的忙于工作，并非忙于应酬，等等。她也不因为忙而马虎，却处处要尽到她的责任。忙人最容易搭架子，瞧不起别人，她却没有架子，所以人缘好——就因为人缘好所以更忙。这十年来成都人找过她的太多了，可是我们没有听到过不满意她的话。人缘好，固然；更重要的是她对于病人无微不至的关切。她不是冷冰冰地在尽她的责任，尽了责任就算完事；她是"念兹在兹"①的。

刘医师和内人在中学里同学，彼此很要好。抗战后内人回到成都故乡，老朋友见面，更是高兴。内人带着三个孩子在成都一直住了六年，这中间承她的帮助太多，特别在医药上。他们不断地去她的医院看病，大小四口都长期住过院，我自己也承她送打了二十四针，治十二指肠溃疡。我们熟悉她的医院，深知她的为人，她的确是一位亲切的好医师。她是在德国耶拿大学学的医，在那儿住了也上十年。在她自己的医院里，除妇产科外她也看别的病，但是她的主要的也是最忙的工作是接生，找她的人最多。她约定了给产妇接生，到了期就是晚上睡下也在留心着电话。电话来了，或者有人来请了，她马上起来坐着包车就走。有一回一个并未预约的病家，半夜里派人来请。这家人疏散在郊外，从来没有请她去看过产妇，也没有个介绍的人。她却毅然地答应了去。包车到了一处田边打住，来请的人说还要走几条田埂才到那家。那时夜黑如墨，四望无人，她想，该不会是绑票匪的骗局吧？但是只得大着胆子硬起头皮跟着走。受了这一次虚惊，她却并不说以后不接受这种半夜里郊外素不相知的人家的邀请，她觉得接生是她应尽的责任。

她的责任感是充满了热情的。她对于住在她的医院里的病人，因为接近，更是时刻地关切着——老看见她叮嘱护士小姐们招呼这样那样的。特别是那种情形严重的病人，她有时候简直睡不着地惦记着。她没有结婚，常和内人说她把病人当作了爱人。这绝不是一句漂亮话，她是认真地爱着她的病人的。她是个忠诚的基督徒，有着那大的爱的心，也可以说是"慈母之心"——我曾经写过一张横披②送给她，就用的这四个字。她不忽略穷的病家，住在她的医院里的病人，不论穷些富些，她总叮嘱护士小姐们务必一样的和气，不许有差别。如果发觉有了差别，她是要不留情地教训的。街坊上的穷家到她的医院里看病，她常免他们的费，她也到这些穷人家里去免费接生。对于朋友自然更厚。有一年我们的三个孩子都出疹子，两岁的小女儿转了猩红热，两个男孩子转了肺炎，那时我在昆明，内人一个人要照管这三个严重的传染病人。幸而刘医师特许小女住到她的医院里去。她尽心竭力地奔波着治他们的病，用她存着的最有效的药，那些药在当时的成都是极难得的。小女眼看着活不了，却终于在她手里活了起来，真是凭空地捡来了一条命！她知道教书匠的穷，一个钱不要我们的。后来她给我们看病吃药，也从不收一个钱。

我们呢，却只送了"秀才人情"的一副对子给她，文字是"生死人而肉白骨，保赤子如拯斯民"，特地请叶圣陶兄写；这是我们的真心话。我们当然感谢她，但是更可佩服的是她那把病人当作爱人的热情和责任感。

刘医师是遂宁刘万和先生的二小姐。刘老先生手创了成都的刘万和绸布庄，这到现在还是成都数一数二的大铺子。刘老太太是一位慈爱的勤俭的老太太，她行的家庭教育是健康的。刘医师敬爱着这两位老人。不幸老太太去世得早，老先生在抗战前一年也去世了，留下了很多幼小者。刘医师在耶拿大学得了博士学位，原想再研究些时候，这一来却赶着回到家里，负起了教育弟弟们的重任。她爱弟弟们，管教得却很严。现在弟弟们都成了年，她又在管着侄儿侄女们了。这也正是她的热情和责任感的表现。她出身在富家，富家出身的人原来有啬刻的，也有慷慨的，她的慷慨还不算顶稀奇。真正难得的是她那不会厌倦的同情和不辞劳苦的服务。富家出身的人往往只知道贪图安逸，像她这样给自己找麻烦的人实在少有。再说一般的医师，也是冷静而认真就算是好，像她这样对于不论什么病人都亲切，恐怕也是凤毛麟角吧！

注释：

　　① 泛指念念不忘某一件事情。

　　② 长条形的横幅字画。

女人

朱自清

　　白水是个老实人，又是个有趣的人。他能在谈天的时候，滔滔不绝地发出长篇大论。这回听勉子说，日本某杂志上有《女？》一文，是几个文人以"女"为题的桌话的记录。他说，"这倒有趣，我们何不也来一下？"我们说，"你先来！"他搔了搔头发道，"好！就是我先来；你们可别临阵脱逃才好。"我们知道他照例是开口不能自休的。果然，一番话费了这多时候，以致别人只有补充的工夫，没有自叙的余裕。那时我被指定为临时书记，曾将桌上所说，拉杂写下。现在整理出来，便是以下一文。因为十之八是白水的意见，便用了第一人称，作为他自述的模样；我想，白水大概不至于不承认吧？

老实说，我是个欢喜女人的人，从国民学校时代直到现在，我总一贯地欢喜着女人。虽然不曾受着什么"女难"，而女人的力量，我确是常常领略到的。女人就是磁石，我就是一块软铁；为了一个虚构的或实际的女人，呆呆地想了一两点钟，乃至想了一两个星期，真有不知肉味光景——这种事是屡屡有的。在路上走，远远的有女人来了，我的眼睛便像蜜蜂们嗅着花香一般，直攒过去。但是我很知足，普通的女人，大概看一两眼也就够了，至多再掉一回头。像我的一位同学那样，遇见了异性，就立正——向左或向右转，仔细用他那两只近视眼，从眼镜下面紧紧追出去半日半日，然后看不见，然后开步走——我是用不着的。我们地方有句土话说："乖子望一眼，呆子望到晚"；我大约总在"乖子"一边了。我到无论什么地方，第一总是用我的眼睛去寻找女人。在火车里，我必走遍几辆车去发现女人；在轮船里，我必走遍全船去发现女人。我若找不到女人时，我便逛游戏场去，赶庙会去，——我大胆地加一句——参观女学校去；这些都是女人多的地方。于是我的眼睛更忙了！我拖着两只脚跟着她们走，往往直到疲倦为止。

我所追寻的女人是什么呢？我所发现的女人是什么呢？

这是艺术的女人。从前人将女人比作花，比作鸟，比作羔羊；他们只是说，女人是自然手里创造出来的艺术，使人们欢喜赞叹——正如艺术的儿童是自然的创作，使人们欢喜赞叹一样。不独男人欢喜赞叹，女人也欢喜赞叹；而"妒"便是欢喜赞叹的另一面，正如"爱"是欢喜赞叹的一面一样。受欢喜赞叹的，又不独是女人，男人也有。"此柳风流可爱，似张绪当年"，便是好例；而"美丰仪"一语，尤为"史不绝书"。但男人的艺术气分，似乎总要少些；贾宝玉说得好：男人的骨头是泥做的，女人的骨头是水做的。这是天命呢？还是人事呢？我现在还不得而知；只觉得事实是如此罢了。——你看，目下学绘画的"人体习作"的时候，谁不用了女人做他的模特儿呢？这不是因为女人的曲线更为可爱么？我们说，自有历史以来，女人是比男人更其艺术的；这句话总该不会错吧？所以我说，艺术的女人。所谓艺术的女人，有三种意思：是女人中最为艺术的，是女人的艺术的一面，是我们以艺术的眼去看女人。我说女人比男人更其艺术的，是一般的说法；说女人中最为艺术的，是个别的说法。而"艺术"一词，我用它的狭义，专指眼睛的艺术而言，与绘画、雕刻、跳舞同其范类。艺术的女人便是有着美好的颜色和轮廓和动作的女人，便是她的容貌、身材、姿态，使我们看了感到"自己圆满"的女人。这里有一块天然的界碑，我所说的只是处女、少妇、中年妇人，那些老太太们，为她们的年岁所侵蚀，已上了凋零与枯萎的路途，在这一件上，已是落伍者了。女人的圆满相，只是她的"人的诸相"之一；她可以有大才能、大智慧、大仁慈、大勇毅、大贞洁等等，但都无碍于这一相。诸相可以帮助这一相，使其更臻于充实；这一相也可帮助诸相，分其圆满于它们，有时更能遮盖它们的缺处。我们之看女人，若被她的圆满相所吸引，便会不顾自己，不顾她的一切，而只陶醉于其中；这个陶醉是刹那的，无关心的，而且在沉默之中的。

我们之看女人，是欢喜而决不是恋爱。恋爱是全般的，欢喜是部分的。恋爱是整个"自我"与整个"自我"的融合，故坚深而久长；欢喜是"自我"间断片的融合，故轻浅而飘忽。这两者都是生命的趣味，生命的姿态。但恋爱是对人的，欢喜却兼人与物而言。此外本还有"仁爱"，便是"民胞物与"之怀；再进一步，"天地与我并生，万物与我为一"①，便是"神爱""大爱"了。这种无分物我的爱，非我所要论；但在此又须立一界碑，凡伟大庄严之像，无论属人属物，足以吸引人心者，必为这种爱；而优美艳丽的光景则始在"欢喜"的阈中。至于恋爱，以人格的吸引为骨子，有极强的占有性，又与二者不同。Y君以人与物平分恋爱与欢喜，以为"喜"仅属物，"爱"乃属人；若对人言"喜"，便是蔑视他的人格了。现在有许多人也以为将女人比花，比鸟，比羔羊，便是侮辱女人；赞颂女人的体态，也是侮辱女人。所以者何？便是蔑视她们的人格了！但我觉得我们若不能将"体态的美"排斥于人格之外，我们便要慢慢地说这句话！而美若是一种价值，人格若是建筑于价值的基石上，我们又何能排斥那"体态的美"呢？所以我以为只须将女人的艺术的一面作为艺术而鉴赏它，与鉴赏其他优美的自然一样；艺术与自然是"非人格"的，当然便说不上"蔑视"与否。在这样的立场上，将人比物，欢喜赞叹，自与因袭的玩弄的态度相差十万八千里，当可告无罪于天下。只有将女人看作"玩物"，才真是蔑视呢；即使是在所谓的"恋爱"之中。艺术的女人，是的，艺术的女人！我们要用惊异的眼去看她，那是一种奇迹！

我之看女人，十六年于兹了，我发现了一件事，就是将女人作为艺术而鉴赏时，切不可使她知道；无论是生疏的，是较熟悉的。因为这要引起她性的自卫的羞耻心或他种嫌恶心，她的艺术味便要变稀薄了；而我们因她的羞耻或嫌恶而关心，也就不能静观自得了。所以我们只好秘密地鉴赏；艺术原来是秘密的呀，自然的创作原来是秘密的呀。但是我所欢喜的艺术的女人，究竟是怎样的呢？您得问了。让我告诉您：我见过西洋女人，日本女人，江南江北两个女人，城内的女人，名闻浙东西的女人；但我的眼光究竟太狭了，我只见过不到半打的艺术的女人！而且其中只有一个西洋人，没有一个日本人！那西洋的处女是在 Y 城里一条僻巷的拐角上遇着的，惊鸿一瞥似地便过去了。其余有两个是在两次火车里遇着的，一个看了半天，一个看了两天；还有一个是在乡村里遇着的，足足看了三个月。我以为艺术的女人第一是有她的温柔的空气；使人如听着箫管的悠扬，如嗅着玫瑰花的芬芳，如躺着在天鹅绒的厚毯上。她是如水的密，如烟的轻，笼罩着我们；我们怎能不欢喜赞叹呢？这是由她的动作而来的；她的一举步，一伸腰，一掠鬓，一转眼，一低头，乃至衣袂的微扬，裙幅的轻舞，都如蜜的流，风的微漾；我们怎能不欢喜赞叹呢？最可爱的是那软软的腰儿；从前人说临风的垂柳，《红楼梦》里说晴雯的"水蛇腰儿"，都是说腰肢的细软的；但我所欢喜的腰呀，简直和苏州的牛皮糖一样，使我满舌头的甜，满牙齿的软呀。腰是这般软了，手足自也有飘逸不凡之概。你瞧她的足胫多么丰满呢！从膝关节以下，渐渐地隆起，像新蒸的面包一样；后来又渐渐渐渐地缓下去了。这足胫上正罩着丝袜，淡青的？或者白的？拉得紧紧的，一些儿绉纹没有，更将那丰满的曲线显得丰满了；而那闪闪的鲜嫩的光，简直可以照出人的影子。你再往上瞧，她的两肩又多么亭匀呢！像双生的小羊似的，又像两座玉峰似的；正是秋山那般瘦，秋水那般平呀。肩以上，便到了一般人讴歌颂赞所集的"面目"了。我最不能忘记的，是她那双鸽子般的眼睛，伶俐到像要立刻和人说话。在惺忪微倦的时候，尤其可喜，因为正像一对睡了的褐色小鸽子。和那润泽而微红的双颊，苹果般照耀着的，恰如曙色之与夕阳，巧妙地相映衬着。再加上那覆额的，稠密而蓬松的发，像天空的乱云一般，点缀得更有情趣了。而她那甜蜜的微笑也是可爱的东西；微笑是半开的花朵，里面流溢着诗与画与无声的音乐。是的，我说的已多了；我不必将我所见的，一个人一个人分别说给你，我只将她们融合成一个sketch②给你看——这就是我的惊异的型，就是我所谓艺术的女子的型。但我的眼光究竟太狭了！我的眼光究竟太狭了！

在女人的聚会里，有时也有一种温柔的空气；但只是笼统的空气，没有详细的节目。所以这是要由远观而鉴赏的，与个别的看法不同；若近观时，那笼统的空气也许会消失了的。说起这艺术的"女人的聚会"，我却想着数年前的事了，云烟一般，好惹人怅惘的。在 P 城一个礼拜日的早晨，我到一所宏大的教堂里去做礼拜；听说那边女人多，我是礼拜女人去的。那教堂是男女分坐的。我去的时候，女座还空着，似乎颇遥遥的；我的遐想便去充满了每个空座里。忽然眼睛有些花了，在薄薄的香泽当中，一群白上衣、黑背心、黑裙子的女人，默默地，远远地走进来了。我现在不曾看见上帝，却看见了带着翼子的这些安琪儿了！另一回在傍晚的湖上，暮霭四合的时候，一只插着小红花的游艇里，坐着八九个雪白雪白的白衣的姑娘；湖风舞弄着她们的衣裳，便成一片浑然的白。我想她们是湖之女神，以游戏三昧，暂现色相于人间的呢！第三回在湖中的一座桥上，淡月微云之下，倚着十来个，也是姑娘，朦朦胧胧的与月一齐白着。在抖荡的歌喉里，我又遇着月姊儿的化身了！这些是我所发现的又一型。

是的，艺术的女人，那是一种奇迹！

注释：

① 出自《庄子·内篇·齐物论》。

② 速写。

夜的奇迹

庐隐

　　宇宙僵卧在夜的暗影之下，我悄悄地逃到这黑黑的林丛，
——群星无言，孤月沉默，只有山隙中的流泉潺潺溅溅地悲鸣，
仿佛孤独的夜莺在哀泣。

　　山巅古寺危立在白云间，刺心的钟磬，断续地穿过寒林，
我如受弹伤的猛虎，奋力地跃起，由山麓审到山巅，我追寻完
整的生命，我追寻自由的灵魂，但是夜的暗影，如厚幔般围裹
住，一切都显示着不可挽救的悲哀。呀！我何爱惜这被苦难剥
蚀将尽的尸骸，我发狂似地奔回林丛，脱去身上血迹斑斓的征
衣，我向群星忏悔，我向悲涛哭诉！

　　这时流云停止了前进，群星忘记了闪烁，山泉也住了鸣咽，
一切一切都沉入死寂！

我绕过丛林，不期来到碧海之滨，呵！神秘的宇宙，在这里我发现了夜的奇迹！

黑黑的夜幕轻轻地拉开，群星吐着清幽的亮光，孤月也踟蹰于云间，白色的海浪吻着翡翠的岛屿，五彩缤纷的花丛中隐约见美丽的仙女在歌舞，她们显示着生命的活跃与神妙！

我惊奇，我迷惘，夜的暗影下，何来如此的奇迹！

我伫立海滨，注视那岛屿上的美景，忽然从海里涌起一股凶浪，将岛屿全个淹没，一切一切又都沉入在死寂！

我依然回到黝黑的林丛，——群星无言，孤月沉默，只有山隙中的流泉潺潺溅溅的悲鸣，仿佛孤独的夜莺在哀泣。

吁！宇宙布满了罗网，任我百般扎挣，努力地追寻，而完整的生命只如昙花一现，最后依然消逝于恶浪，埋葬于尘海之心。自由的灵魂，永远是夜的奇迹！——在色相的人间，只有污秽与残酷，吁！我何爱惜这被苦难剥蚀将尽的尸骸——总有一天，我将焚毁于我自己忧怒的灵焰，抛这不值一钱的脓血之躯，因此而释放我可怜的灵魂！

这时我将摘下北斗，抛向阴霾满布的尘海。

我将永远歌颂这夜的奇迹！

异国秋思

庐隐

自从我们搬到郊外以来，天气渐渐清凉了。那短篱边牵延着的毛豆叶子，已露出枯黄的颜色来，白色的小野菊，一丛丛由草堆里攒出头来，还有小朵的黄花在凉劲的秋风中抖颤。这一些景象，最容易勾起人们的秋思，况且身在异国呢！低声吟着"帘卷西风，人比黄花瘦"①之句，这个小小的灵宫，是弥漫了怅惘的情绪。

书房里格外显得清寂，那窗外蔚蓝如碧海似的青天，和淡金色的阳光，还有夹着桂花香的阵风，都含了极强烈的，挑拨人类心弦的力量。在这种刺激之下，我们不能继续那死板的读书工作了。

在那一天午饭后，波便提议到附近吉祥寺去看秋景，三点多钟我们乘了市外电车前去，——这路程太近了，我们的身体刚刚坐稳便到了。走出长甬道的车站，绕过火车轨道，就看见一座高耸的木牌坊，在横额上有几个汉字写着"井之头恩赐公园"。

我们走进牌坊，便见马路两旁树木葱茏，绿荫匝地，一种幽妙的意趣，萦缭脑际，我们怔怔地站在树影下，好像身入深山古林了。在那枝柯掩映中，一道金黄色的柔光正荡漾着。使我想象到一个披着金绿柔发的仙女，正赤着足，踏着白云，从这里经过的情景。再向西方看，一抹彩霞，正横在那迭翠的峰峦上，如黑点的飞鸦，穿林翩翻，我一缕的愁心真不知如何安排，我要吩咐征鸿把它带回故国吧！无奈它是那样不着迹地去了。

我们徘徊在这浓绿深翠的帷幔下，竟忘记前进了。一个身穿和服的中年男人，脚上穿着木屐，提塔提塔地来了。他向我们打量着，我们为避免他的觑视，只好加快脚步走向前去。经过这一带森林，前面有一条鹅卵石堆成的斜坡路，两旁种着整齐的冬青树，只有肩膀高，一阵阵的青草香，从微风里荡过来。我们慢步地走着，陡觉神气清爽，一尘不染。

下了斜坡，面前立着一所小巧的东洋式的茶馆，里面设了几张小矮几和坐褥，两旁列着柜台，红的蜜桔，青的苹果，五色的杂糖，错杂地罗列着。

"呀！好眼熟的地方！"我不禁失声地喊了出来。于是潜藏在心底的印象，陡然一幕幕地重映出来，唉！我的心有些抖颤了，我是被一种感怀已往的情绪所激动，我的双眼怔住，胸膈间充塞着悲凉，心弦凄紧地搏动着。自然是回忆到那些曾被流年蹂躏过的往事；"唉！往事，只是不堪回首的往事呢！"我悄悄地独自叹息着。但是我目前仍然有一幅逼真的图画再现出来……

一群骄傲于幸福的少女们，她们孕育着玫瑰色的希望，当她们将由学校毕业的那一年，曾随了她们德高望重的教师，带着欢乐的心情，渡过日本海来访蓬莱的名胜。在她们登岸的时候，正是暮春三月樱花乱飞的天气。那些缀锦点翠的花树，都是使她们乐游忘倦。

她们从天色才黎明，便由东京的旅舍出发；先到上野公园看过樱花的残妆后；又换车到井之头公园来。这时疲倦袭击着她们，非立刻找个地点休息不可。最后她们发现了这个位置清幽的茶馆，便立刻决定进去吃些东西。大家团团围着矮凳坐下，点了两壶龙井茶，和一些奇甜的东洋点心，她们吃着喝着，高声谈笑着，她们真像是才出谷的雏莺；只觉眼前的东西，件件新鲜，处处都富有生趣。当然她们是被搂在幸福之神的怀抱里了。青春的爱娇，活泼快乐的心情，她们是多么可艳羡的人生呢！

但是流年把一切都毁坏了！谁能相信今天在这里低徊追怀往事的我，也正是当年幸福者之一呢！哦！流年，残刻的流年呵！它带走了人间的爱娇，它蹂躏了英雄的壮志，使我站在这似曾相识的树下，只有咽泪，我有什么方法，使年光倒流呢！

唉！这仅仅是九年后的今天。呀，这短短的九年中，我走的是崎岖的世路，我攀缘过陡峭的崖壁，我由死的绝谷里逃命，使我尝着忍受由心头淌血的痛苦，命运要我喝干自己的血汗，如同喝玫瑰酒一般……

唉！这一切的刺心回忆，我忍不住流下辛酸的泪滴，连忙离开这容易激动感情的地方吧！我们便向前面野草漫径的小路上走去。忽然听见一阵悲恻的唏嘘声，我仿佛看见张着灰色翅翼的秋神，正躲在那厚密的枝叶背后。立时那些枝叶都窸窸窣窣地颤抖起来。草底下的秋虫，发出连续的唧唧声，我的心感到一阵阵的凄冷，不敢向前去，找到路旁一张长木凳坐下。我用滞呆的眼光，向那一片阴阴森森的丛林里静视，当微风分开枝柯时，我望见那小河里潺潺碧水了。水上皱起一层波纹，一只小划子，从波纹上溜过。两个少女摇着桨，低声唱着歌儿。我看到这里，又无端感触起来，觉得喉头哽塞，不知不觉叹道："故国不堪回首呵！"同时那北海的红漪清波浮现眼前，那些手携情侣的男男女女，恐怕也正摇着划桨，指点着眼前清丽秋景，低语款款吧！况且又是菊茂蟹肥时候，料想长安市上，车水马龙，正不少欢乐的宴聚，这漂泊异国，秋思凄凉的我们当然是无人想起的。不过，我们却深深地眷怀着祖国，渴望得些好消息呢！况且我们又是神经过敏的，揣想到树叶凋落的北平，凄风吹着，冷雨洒着的那些穷苦的同胞，也许正向茫茫的苍天悲诉呢！唉，破碎紊乱的祖国呵！北海的风光不能粉饰你的寒伧！来今雨轩的灯红酒绿，不能安慰忧患的人生，深深眷念祖国的我们，这一颗因热望而颤抖的心，最后是被秋风吹冷了。

注释：

① 出自宋代词人李清照所作的《醉花阴》，全词为：薄雾浓云愁永昼，瑞脑销金兽。佳节又重阳，玉枕纱厨，半夜凉初透。东篱把酒黄昏后，有暗香盈袖。莫道不消魂，帘卷西风，人比黄花瘦。

余辉

石评梅

    日落了，金黄的残辉映照着碧绿的柳丝，像恋人初别时眼中的泪光一样，含蓄着不尽的余恋。垂杨荫深处，现露出一层红楼，铁栏杆内是一个平坦的球场，这时候有十几个活泼可爱的女郎，在那里打球。白的球飞跃传送于红的网上，她们灵活的黑眼睛随着球上下转动，轻捷的身体不时地蹲屈跑跳，苹果小脸上浮泛着心灵热烈的火焰和生命舒畅健康的微笑！

    苏斐这时正在楼上伏案写信，忽然听见一阵笑语声，她停笔从窗口下望，看见这一群忘忧的天使时，她清癯的脸上显露出一丝寂寞的笑纹。她的信不能往下写了，她呆呆地站在窗口沉思。天边晚霞，像鲜红的绮罗笼罩着这诗情画意的黄昏，一缕余辉正射到苏斐的脸上，她望着天空惨笑了，惨笑那灿烂的阳光，已剩了最后一瞬，陨落埋葬一切光荣和青春的时候到了！

一个球高跃到天空中，她们都抬起头来，看见了楼窗上沉思的苏斐，她们一齐欢跃着笑道："苏先生，来，下来和我们玩，和我们玩！我们欢迎了！"说着都鼓起掌来，最小的一个伸起两只白藕似的玉臂说："先生！就这样跳下来吧，我们接着，摔不了先生的。"接着又是一阵笑声！苏斐摇了摇头，她这时被她们那天真活泼的精神所迷眩，反而不知说什么好，一个个小头仰着，小嘴张着，不时用手绢擦额上的汗珠，这怎忍拒绝呢！她们还是顽皮涎脸笑容可掬地要求苏斐下楼来玩。

苏斐走进了铁栏时，她们都跑来牵住她的衣袂，连推带拥地走到球场中心，她们要求苏斐念她自己的诗给她们听，苏斐拣了一首她最得意的诗念给她们，抑扬幽咽，婉转悲怨，她忘其所以地形容发泄尽心中的琴弦，念完时，她的头低在地下不能起来，把眼泪偷偷咽下后，才携着她们的手回到校舍。这时暮霭苍茫，黑翼已渐渐张开，一切都被其包没于昏暗中去了。

那夜深时，苏斐又倚在窗口望着森森黑影的球场，她想到黄昏时那一幅晚景和那些可爱的女郎们，也许是上帝特赐给她的恩惠，在她百战归来、创痛满身的时候，给她这样一个快乐的环境安慰她养息她惨伤的心灵。她向着那黑暗中的孤星祷告，愿这群忘忧的天使，永远不要知道人间的愁苦和罪恶。

这时她忽然心海澄静，万念俱灰，一切宇宙中的事物都在她心头冷寂了，不能再令她沉醉和兴奋！一阵峭寒的夜风，吹熄她胸中的火焰，她觉得仆仆风尘中二十余年，醒来只是一番空漠无痕的噩梦。她闭上窗，回到案旁，写那封未完的信，她说：

钟明：

自从我在前线随着红十字会做看护以来，才知道我所梦想的那个园地，实际并不能令我满意如愿。三年来诸友相继战死，我眼中看见的尽是横尸残骸，血泊刀光，原只想在他们牺牲的鲜血白骨中，完成建设了我们理想的事业。谁料到在尚未成功时，便私见纷争，自图自利，到如今依然是陷溺同胞于水火之中，不能拯救。其他令我灰心的事很多，我又何忍再言呢！因之，钟明，我失望了，失望后我就回来看我病危的老母，幸上帝福佑，母亲病已好了，不过我再无兄弟姊妹可依托，我不忍弃暮年老亲而他去。我真倦了，我再不愿在荒草沙场上去救护那些自残自害，替人做工具的伤兵和腐尸了。请你转告云玲等不必在那边等我？允许我暂时休息。愿我们后会有期。

　　苏斐写完后，又觉自己太懦弱了，这样岂是当年慷慨激昂投笔从戎的初志？但她为这般忘忧的天使系恋住她英雄的前程，她想人间的光明和热爱，就在她们天真的童心里，宇宙呢？只是无穷罪恶、无穷黑暗的深渊。

择偶记

朱自清

　　自己是长子长孙，所以不到十一岁就说起媳妇来了。那时对于媳妇这件事简直茫然，不知怎么一来，就已经说上了。是曾祖母娘家人，在江苏北部一个小县份的乡下住着。家里人都在那里住过很久，大概也带着我；只是太笨了，记忆里没有留下一点影子。祖母常常躺在烟榻上讲那边的事，提着这个那个乡下人的名字。起初一切都像只在那白腾腾的烟气里。日子久了，不知不觉熟悉起来了，亲昵起来了。除了住的地方，当时觉得那叫作"花园庄"的乡下实在是最有趣的地方了。因此听说媳妇就定在那里，倒也仿佛理所当然，毫无意见。每年那边田上有人来，蓝布短打扮，衔着旱烟管，带好些大麦粉、白薯干儿之类。他们偶然也和家里人提到那位小姐，大概比我大四岁，个儿高，小脚，但是那时我热心的其实还是那些大麦粉和白薯干儿。

记得是十二岁上，那边捎信来，说小姐痨病死了。家里并没有人叹惜，大约他们看见她时她还小，年代一多，也就想不清是怎样一个人了。父亲其时在外省做官，母亲颇为我亲事着急，便托了常来做衣服的裁缝做媒。为的是裁缝走的人家多，而且可以看见太太小姐。主意并没有错，裁缝来说一家人家，有钱，两位小姐，一位是姨太太生的；他给说的是正太太生的大小姐。他说那边要相亲。母亲答应了，定下日子，由裁缝带我上茶馆。记得那是冬天，到日子母亲让我穿上枣红宁绸袍子，黑宁绸马褂，戴上红帽结儿的黑缎瓜皮小帽，又叮嘱自己留心些。茶馆里遇见那位相亲的先生，方面大耳，同我现在年纪差不多，布袍布马褂，像是给谁穿着孝。这个人倒是慈祥的样子，不住地打量我，也问了些念什么书一类的话。回来裁缝说人家看得很细：说我的"人中"长，不是短寿的样子，又看我走路，怕脚上有毛病。总算让人家看中了，该我们看人家了。母亲派亲信的老妈子去。老妈子的报告是，大小姐个儿比我大得多，坐下去满满一圈椅；二小姐倒苗苗条条的，母亲说胖了不能生育，像亲戚里谁谁谁；叫裁缝说二小姐。那边似乎生了气，不答应，事情就摧了。

母亲在牌桌上遇见一位太太，她有个女儿，透着聪明伶俐。母亲有了心，回家说那姑娘和我同年，跳来跳去的，还是个孩子。隔了些日子，便托人探探那边口气。那边做的官似乎比父亲的更小，那时正是光复的前年，还讲究这些，所以他们乐意做这门亲。事情已到九成九，忽然出了岔子。本家叔祖母用的一个寡妇老妈子熟悉这家子的事，不知怎么叫母亲打听着了。叫她来问，她的话遮遮掩掩的。到底问出来了，原来那小姑娘是抱来的，可是她一家很宠她，和亲生的一样。母亲心冷了。过了两年，听说她已生了痨病，吸上鸦片烟了。母亲说，幸亏当时没有定下来。我已懂得一些事了，也这么想着。

光复那年，父亲生伤寒病，请了许多医生看。最后请着一位武先生，那便是我后来的岳父。有一天，常去请医生的听差回来说，医生家有位小姐。父亲既然病着，母亲自然更该担心我的事。一听这话，便追问下去。听差原只顺口谈天，也说不出个所以然。母亲便在医生来时，叫人问他轿夫，那位小姐是不是他的。轿夫说是的。母亲便和父亲商量，托舅舅问医生的意思。那天我正在父亲病榻旁，听见他们的对话。舅舅问明了小姐还没有人家，便说，像 × 翁这样人家怎么样？医生说，很好呀。话到此为止，接着便是相亲；还是母亲那个亲信的老妈子去。这回报告不坏，说就是脚大些。事情这样定局，母亲教轿夫回去说，让小姐裹上点儿脚。妻嫁过来后，说相亲的时候早躲开了，看见的是另一个人。至于轿夫捎的信儿，却引起了一段小小风波。岳父对岳母说，早教你给她裹脚，你不信；瞧，人家怎么说来着！岳母说，偏偏不裹，看他家怎么样！可是到底采取了折中的办法，直到妻嫁过来的时候。

我的母亲

冰心

谈到女人，第一个涌上我的心头的，就是我的母亲，因在我的生命中，她是第一个对我失望的女人。

在我以前，我有两个哥哥，都是生下几天就夭折的，算命的对她说："太太，你的命里是要先开花后结果的，最好能先生下一个姑娘，庇护以后的少爷。"因此，在她怀我的时候，她总希望是一个女儿。她喜欢头生的是一个姑娘，会帮妈妈看顾弟妹、温柔、体贴、分担忧愁。不料生下我来，又是一个儿子。在合家欢腾之中，母亲只是默然地躺在床上。祖父同我的姑母说："三嫂真怪，生个儿子还不高兴！"

母亲究竟是母亲，她仍然是不折不扣地爱我，只是常常念道："你是儿子兼女儿的，你应当有女儿的好处才行。"我生后三天，祖父拿着我的八字去算命。算命的还一口咬定这是女孩的命，叹息着说："可惜是个女孩子，否则准作翰林。"

母亲也常常拿我取笑说："如今你是一个男子，就应当真作个翰林了。"幸而我是生在科举久废的新时代，否则，以我的才具而论，哪有三元及第荣宗耀祖的把握呢？

在我底下，一连串地又来了三个弟弟，这使母亲更加失望。然而这三个弟弟倒是个个留住了。当她抱怨那个算命的不灵的时候，我们总笑着说，我们是"无花果"，不必开花而即累累结实的。

母亲对于我的第二个失望，就是我总不想娶亲。直至去世时为止，她总认为我的一切，都能使她满意，所差的就是我竟没有替她娶回一位有德有才而又有貌的媳妇。其实，关于这点，我更比她着急，只是时运不济，没有法子。在此情形之下，我只有竭力鼓励我的弟弟们先我而娶，替他们介绍"朋友"，造就机会。结果，我的二弟，在二十一岁大学刚毕业时就结了婚。母亲跟前，居然有了一个温柔贤淑的媳妇，不久又看见了一个孙女的诞生，于是她才相当满足地离开了人世。

如今我的三个弟弟都已结过婚了，他们的小家庭生活，似乎都很快乐。我的三个弟妇，对于我这老兄，也都极其关切与恭敬。只有我的二弟妇常常笑着同我说："大哥，我们做了你的替死鬼，你看在这兵荒马乱米珠薪桂的年头，我们这五个女孩子怎么办？你要代替我们养一两个才行。"她怜惜地抚摩着那些黑如鸦羽的小头。她哪里舍得给我养呢！那五个女孩子围在我的膝头，一齐抬首的时候，明艳得如同一束朝露下的红玫瑰花。

母亲死去整整十年了。去年父亲又已逝世。我在各地漂泊，依然是个孤身汉子。弟弟们的家，就是我的家，那里有欢笑，有温情，有人照应我的起居饮食，有人给我缝衣服补袜子。我出去的时候，回来总在店里买些糖果，因为我知道在那栏杆上，有几个小头伸着望我。去年我刚到重庆，就犯了那不可避免的伤风，头痛得七八天睁不开眼，把一切都忘了。一天早晨，航空公司给我送来一个包裹，是几个小孩子寄来的，其中的小包裹是从各地方送到，在香港集中的。上面有一个卡片，写着："大伯伯，好些日子不见信了，圣诞节你也许忘了我们，但是我们没有忘了你！"我的头痛立刻好了，漆黑的床前，似乎竖起了一棵烛光辉煌的圣诞树！

回来再说我的母亲吧。自然，天下的儿子，至少有百分之七十，认为他的母亲乃是世界上最好的母亲。我则以为我的母亲，乃是世界上最好的母亲中最好的一个。不但我如此想，我的许多朋友也如此说。她不但是我的母亲，而且是我的知友。我有许多话不敢同父亲说的，敢同她说；不能对朋友提的，能对她提。她有现代的头脑，稳静公平地接受现代的一切。她热烈地爱着"家"，以为一个美好的家庭，乃是一切幸福和力量的根源。她希望我早点娶亲，目的就在愿意看见我把自己的身心，早点安置在一个温暖快乐的家庭里面。然而，我的至爱的母亲，我现在除了"尚未娶妻"之外，并没有失却了"家"之一切！

我们的家，确是一个安静温暖而又快乐的家。父亲喜欢栽花养狗；母亲则整天除了治家之外，不是看书，就是做活，静悄悄地没有一点声息。学伴们到了我们家里，自然而然地就会低下声来说话。然而她最鼓励我们运动游戏，外院里总有秋千、杠子等等设备。我们学武术，学音乐（除了我以外，弟弟们都有很好的成就）。母亲总是高高兴兴的，接待父亲和我们的朋友。朋友们来了，玩得好，吃得好，总是欢喜满足地回去。却也有人带着眼泪回家，因为他想起了自己死去的母亲，或是他的母亲，同他不曾发生什么情感的关系。

我的父亲是大家庭中的第三个儿子。他的兄弟姊妹很多，多半是不成材的，于是他们的子女的教养，就都堆在父亲的肩上。对于这些，母亲充分地帮了父亲的忙，父亲付与了一份的财力，母亲贴上了全副的精神。我们家里总有七八个孩子同住，放假的时候孩子就更多。母亲以孱弱的身体，来应付支持这一切，无论多忙多乱，微笑没有离开过她的嘴角。我永远忘不了母亲逝世的那晚，她的床侧，昏倒了我的一个身为军人的堂哥哥！

母亲又有知人之明，看到了一个人，就能知道这人的性格。故对于父亲和我们的朋友的选择，她都有极大的帮助。她又有极高的鉴赏力，无论屋内的陈设，园亭的布置，或是衣饰的颜色和式样等，经她一调动，就显得新异不俗。我记得有一位表妹，在赴茶会之前，打扮得花枝招展的，到了我们的家里；母亲把她浑身上下看了一遍，笑说："元元，你打扮得太和别人一样了。人家抹红嘴唇，你也抹红嘴唇，人家涂红指甲，你也涂红指甲，这岂非反不引起他人的注意？你要懂得'万朵红莲礼白莲'的道理。"我们都笑了，赞同母亲的意见。表妹立刻在母亲妆台前洗净铅华，换了衣饰出去；后来听说她是那晚茶会中，被人称为最漂亮的一个。

母亲对于政治也极关心。三十年前，我的几个舅舅，都是同盟会的会员，平常传递消息，收发信件，都由母亲出名经手。我还记得在我八岁的时候，一个大雪夜里，帮着母亲把几十本《天讨》，一卷一卷地装在肉松筒里，又用红纸条将筒口封了起来，寄了出去。不久收到各地的来信说："肉松收到了，到底是家制的，美味无穷。"我说："那些不是书吗？"母亲轻轻地捏了我一把，附在我的耳朵上说："你不要说出去。"

辛亥革命时，我们正在上海，住在租界旅馆里。我的职务，就是天天清早在门口等报，母亲看完了报就给我们讲。她还将她所仅有的一点首饰，换成洋钱，捐款劳军。我那时才十岁，也将我所仅有的十块压岁钱捐了出去，是我自己走到申报馆去交付的。那两纸收条，我曾珍重地藏着，抗战起来以后不知丢在哪里了。

"五四"以后，她对新文化运动又感了兴趣。她看书看报，不让时代把她丢下。她不反对自由恋爱，但也注重爱情的专一。我的一个女同学，同人"私奔"了，当她的母亲走到我们家里"垂涕而道"的时候，父亲还很气愤，母亲却不作声。

客人去后，她说："私奔也不要紧，本来仪式算不了什么，只要他们始终如一就行。"

诸如此类，她的一言一动，成了她的儿子们的指南针。她对我的弟弟们的择偶，从不直接说什么话，总说："只要你们喜爱的，妈妈也就喜爱。"但是我们的性格品味已经造成了，妈妈不喜爱的，我们也决不会喜爱。

她已死去十年了。抗战期间，母亲若还健在，我不知道她将做些什么事情，但我至少还能看见她那永远微笑的面容，她那沉静温柔的态度，她将以卷《天讨》的手，卷起她的每一个儿子的畏惧懦弱的心！

她是一个典型的贤妻良母，至少母亲对于我们解释贤妻良母的时候，她以为贤妻良母，应该是丈夫和子女的匡护者。

关于妇女运动的各种标语，我都同意，只有看到或听到"打倒贤妻良母"的口号时，我总觉得有点逆耳刺眼。当然，人们心目中"妻"与"母"是不同的，观念亦因之而异。我希望她们所要打倒的，是一些怯弱依赖的软体动物，而不是像我的母亲那样的女人。

我的同班

冰心

L女士是我们全班男女同学所最敬爱的一个人。大家都称呼她"L大姐"。我们男同学不大好意思打听女同学的岁数，惟据推测，她不会比我们大到多少。但她从不打扮，梳着高高的头，穿着黯淡不入时的衣服，称呼我们的时候，总是连名带姓，以不客气的、亲热的、大姐姐的态度处之。我们也就不约而同，心诚悦服地叫她大姐了。

L女士是闽南人，皮肤很黑，眼睛很大，说话做事，敏捷了当。在同学中间，疏通调停，排难解纷，无论是什么集会，什么娱乐，只要是L大姐登高一呼，大家都是拥护响应的。她的好处是态度坦白，判断公允，没有一般女同学的羞怯和隐藏。你可和她辩论，甚至吵架，只要你的理长，她是没有不认输的。

同时她对女同学也并不偏袒，她认为偏袒女生，就是重男轻女；女子也是人，为什么要人家特别容让呢？我们的校长有一次说她"有和男人一样的思路"，我们都以为这是对她最高的奖辞。她一连做了三年的班长，在我们中间，没有男女之分，党派之别，大家都在"拥护领袖"的旗帜之下，过了三年医预科的忙碌而快乐的生活。

在医预科的末一年，有一天，我们的班导师忽然叫我去见他。在办公室里，他很客气地叫我坐下，婉转地对我说，校医发现我的肺部有些毛病，学医于我不宜，劝我转系。这真是一个晴天霹雳！我要学医，是十岁以前就决定的。因我的母亲多病，服中医的药不大见效，西医诊病的时候，总要听听心部肺部，母亲又不愿意，因此，我就立下志愿要学医，学成了好替我的母亲医病。在医预科三年，成绩还不算坏，眼看将要升入本科了，如今竟然功亏一篑！从班导师的办公室里走出来的时候，我几乎是连路都走不动了。

午后这一堂是生理学实验。我只呆坐在桌边，看着对面的L大姐卷着袖子，低着头，按着一只死猫，在解剖神经，那刀子下得又利又快！其余的同学也都忙着，没有人注意到我。

我轻轻地叫了一声，L大姐便抬起头来，我说："L大姐，我不能同你们在一起了，导师不让我继续学医，因为校医说我肺有毛病……"L大姐愕然，刀也放下了，说："不是肺痨吧？"

　　我摇头说："不是，据说是肺气枝涨大……无论如何，我要转系了，你看！"L大姐沉默了一会，便走过来安慰我说："可惜的很，像你这么一个温和细心的人，将来一定可以做个很好的医生，不过假如你自己身体不好，学医不但要耽误自己，也要耽误别人。同时我相信你若改学别科，也会有成就的。人生的路线，曲折得很，塞翁失马，安知非福？"

　　下了课，这消息便传遍了，同班们都来向我表示惋惜，也加以劝慰，L大姐却很实际地替我决定要转哪一个系。她说："你转大学本科，只剩一年了，学分都不大够，恐怕还是文学系容易些。"她赶紧又加上一句，"你素来对文学就极感兴趣，我常常觉得你学医是太可惜了。"

　　我听了大姐的话，转入了文学系。从前拿来消遣的东西，现在却当功课读了。正是"歪打正着"，我对于文学，起了更大的兴趣，不但读，而且写。读写之余，在傍晚的时候，我仍常常跑到他们的实验室里去闲谈，听L大姐发号施令，商量他们毕业的事情。

大姐常常殷勤地查问我的功课，又索读我的作品。她对我的作品，总是十分叹赏，鼓励我要多读多写。在她的鼓励指导之下，我渐渐地消灭了被逼改行的伤心，而增加了写作的勇气。至今回想，当时若没有大姐的勉励和劝导，恐怕在那转变的关键之中，我要做了一个颓废而不振作的人吧！

在我教书的时候，L大姐已是一个很有名的产科医生了。

在医院里，和在学校里一样，她仍是保持着领袖的地位，做一班大夫和护士们敬爱的中心。在那个大医院里，我的同学很多，我每次进城去，必到那里走走，看他们个个穿着白衣，挂着听诊器，在那整洁的甬道里，忙忙地走来走去。闻着一股清爽的药香，我心中常有一种说不出来的感觉，如同一个受伤退伍的兵士，裹着绷带，坐在山头，看他的伙伴们在广场上操练一样，也许是羡慕，也许是伤心，虽然我对于我的职业，仍是抱着与时俱增的兴趣。

同学们常常留我在医院里吃饭，在他们的休息室里吸烟闲谈，也告诉我许多疑难的病症。一个研究精神病的同学，还告诉我许多关于精神病的故事。L大姐常常笑说："×××，这都是你写作的材料，快好好的记下吧！"

　　抗战前一个多月，我从欧洲回来，正赶上校友返校日。那天晚上，我们的同级有个联欢大会，真是济济多士！十余年中，我们一百多个同级，差不多个个名成业就，儿女成行（当然我是一个例外），大家携眷莅临，很大的一个厅堂都坐满了。觥筹交错，童稚欢呼，大姐坐在主席的右边，很高兴地左顾右盼，说这几十个孩子之中，有百分之九十五是她接引降生的。酒酣耳热，大家谈起做学生时代的笑话，情况愈加热烈了。主席忽然起立，敲着桌子提议："现在请求大家轮流述说，假如下一辈子再托生，还能做一个人的时候，你愿意做一个什么样的人？"大家哄然大笑。于是有人说他愿意做一个大元帅，有人说愿做个百万富翁……轮到我的时候，大姐忽然大笑起来，说："×××教授，我知道你下一辈子一定愿意做一个女人。"大家听了都笑得前仰后合，当着许多太太们，我觉得有点不好意思，我也笑着反攻说："L大夫，我知道你下一辈子，一定愿意做一个男人。"L大姐说："不，我仍愿意做一个女人，不过要做一个漂亮的女人，我做交际明星，做一切男人们恋慕的对象……"她一边说一边笑，那些太太们听了纷纷起立，哄笑着说："L大姐，您这话就不对，您看您这一班同学，哪一个不恋慕您？来，来，我们要罚您一杯酒。"我们大家立刻鼓掌助兴。L大姐倚老卖老的话，害了她自己了！于是小孩们捧杯，太太们斟酒，L大姐固辞不获，大家笑成一团。结果是滴酒不入的L大医生，那晚上也有些醉意了。

盛会不常，佳时难再，那次欢乐的集会，同班们三三两两的天涯重聚，提起来都有些怅惘，事变后，我还在北平，心里烦闷得很，到医院里去的时候，L大姐常常深思地皱着眉对我们说："我待不下去了。在这里不是'生'着，只是'活'着！我们都走吧，走到自由中国去，大家各尽所能，你用你的一支笔，我们用我们的一双手，我相信大后方还用得着我们这样的人！"大家都点点头。

我说："你们医生是当今第一等人才，我这拿笔杆的人，做得了什么事？假若当初……"

大姐正色拦住我说："×××，我不许你再说这些无益的话，你自己知道你能做些什么事，学文学的人还要我们来替你打气，真是！"

一年内，我们都悄然地离开了沦陷的故都，我从那时起，便没有看见过我们的 L 大姐，不过这个可敬的名字，常常在人们口里传说着，说 L 大姐在西南的一个城市里，换上军装，灰白的头发也已经剪短了。她正在和她的环境，快乐地、不断地奋斗，在蛮烟瘴雨里，她的敏捷矫健的双手，又接下了成千累百的中华民族的孩童。她不但接引他们出世，还指导他们的父母，在有限的食物里，找出无限的滋养料。她正在造就无数的将来的民族斗士！

我希望在不久的将来，我们回到故都重开级会的时候，我能对她说："L 大姐，下一辈子我情愿做一个女人，不过我一定要做像你这样的女人！"

我的学生

冰心

S是在澳洲长大的——她的父亲是驻澳的外交官——十七岁那年才回到祖国来。她的祖父和我的父亲同学，在她考上大学的第二天，她祖父就带她来看我，托我照应。她考得很好，只国文一科是援海外学生之例，要入学以后另行补习的。

那时正是一个初秋的下午，我留她的祖父和她，在我们家里吃茶点。我陪着她的祖父谈天，她也一点不拘束的，和我们随便谈笑。我觉得她除了黑发黑睛之外，她的衣着、表情，完全像一个欧洲的少女。她用极其流利的英语，和我谈到国文，她说："我曾经读过国文，但是一位广东教师教的，口音不正确……"说到这里，她极其淘气地挤着眼睛笑了，"比如说，他说'系的，系的，萨天常常萨雨。'你猜是什么意思？他是说'是的，是的，夏天常常下雨'你看！"她说着大笑起来，她的祖父也笑了。

我说："大学里的国文又不比国语，学国语容易，只要你不怕说话就行。至于国文，要能直接听讲，最好你的国文教授，能用英语替你解说国文，你在班里再一用心，就行了。"

她的祖父就说："在国文系里，恐怕只有你能用英语解说国文，就把她分在你的组里吧，一切拜托了！"我只得答应了。

上了一星期的课，她来看我，说别的功课都非常容易，同学们也都和她好，只是国文仍是听不懂。我说："当然我不能为你的缘故，特别地慢说慢讲，但你下课以后，不妨到我的办公室里，我再替你细讲一遍。"她也答应了。从此她每星期来四次，要我替她讲解。真没看见过这样聪明的孩子，进步像风一样的快。一个月以后，她每星期只消来两次，而且每次都是用纯粹的流利的官话，和我交谈。等到第二学期，她竟能以中文写文章，她在我班里写的"自传"长至九千字，不但字句通顺，而且描写得非常生动。这时她已成了全校师生嘴里所常提到的人物了。

她学的是理科，第二年就没有我的功课，但因为世交的关系，她还常常来看我。现在她已完全换了中服，一句英语不说，但还是同欧美的小女孩儿一样的活泼淘气。她常常对我学她们化学教授的湖南腔，物理教授的山东话，常常使全客厅的人们，笑得喘不过气来。她有时忽然说："×叔叔，我祖父说你在美国一定有位女朋友，否则为什么在北平总不看见你同女友出去？"或说："众位教授听着！我的×叔叔昨天黄昏在校园里，同某女教授散步，你们猜那位女教授是谁？"

她的笑话，起初还有人肯信，后来大家都知道她的淘气，也就不理她。同时，她的朋友越来越多，课余忙于开会、赛球、骑车、散步、溜冰、演讲、排戏，也没有工夫来吃茶点了。

以后的三年里，她如同狮子滚绣球一般，无一时不活动，无一时不是使出浑身解数的在活动。在她，工作就是游戏，游戏就是工作。早晨看见她穿着蓝布衫、平底皮鞋，夹着书去上课；忽然又在球场上，看见她用红丝巾包起头，穿着白衬衣、黑短裤，同三个男同学打网球；一转眼，又看见她骑着车，飞也似的掠过去，身上已换了短袖的浅蓝绒衣和蓝布长裤；下午她又穿着实验白衣服，在化学楼前出现；到了晚上，更摸不定了，只要大礼堂灯火辉煌，进去一看，台上总有她，不是唱歌，就是演戏；在周末的晚上，会遇见她在城里北京饭店或六国饭店，穿起曳地的长衣，踏着高跟鞋，戴着长耳坠，画眉，涂指甲，和外交界或使馆界的人们，吃饭，跳舞。

她的一切活动，似乎没有影响到她的功课，她以很高的荣誉毕了业。她的祖父非常高兴，并邀了我的父亲来赴毕业会，会后就在我们楼里午餐。她们祖孙走后，我的父亲笑着说："你看 S 像不像一只小猫，没有一刻消停安静！她也像猫一样的机警聪明，虽然跳荡，却一点不讨厌。我想她将来一定会嫁给外交人员，你知道她在校里有爱人吧？"我说："她的男朋友很多，却没听说过有哪一个特别好的，您说的对，她不会在同学中选对象，她一定会嫁给外交人员。但无论如何，不会嫁给一个书虫子！"

出乎意外地，在暑期中，她和一位 P 先生宣布订婚，P 就是她的同班，学地质土壤的。我根本没听说过这个人！问起 P 的业师们，他们都称他是个绝好的学生，很用功，性情也沉静，除读书外很少活动。但如何会同 S 恋爱订婚，大家都没看出，也绝对想不到。

一年以后，他们结了婚，住在 S 祖父的隔壁，我的父亲有时带我们几个弟兄，去拜访他们。他们家里简直是"全盘西化"，家人仆妇都会听英语，饮食服用，更不必说。S是地道的欧美主妇，忙里偷闲，花枝招展。我的父亲常常笑对S说："到了你家，就如同到澳洲中国公使馆一般！"

但是住在"澳洲中国公使馆"的P先生，却如同古寺里的老僧似的，外面狂舞醉歌，他却是不闻不问，下了班就躲在他自己的书室里，到了吃饭时候才出来，同客人略一招呼，就低头举箸。倒是S常来招他说话，欢笑承迎。饭后我常常同他进入书室，在那里，他的话就比较的多。虽然我是外行，他也不惮烦地告诉许多关于地质土壤的最近发现，给我看了许多图画、照片和标本。父亲也有时捧了烟袋，踱了进来，参加我们的谈话。他对P的印象非常之好，常常对我说："P就是地质本身，他是一块最坚固的磐石。S和一般爱玩漂亮的人玩腻了，她知道终身之托，只有这块磐石最好，她究竟是一个聪明人！"

我离开北平的时候，到她祖父那里辞行，顺便也到P家走走。那时S已是三个孩子的母亲，院子里又添上了沙土池子、秋千架之类。家里人口添了不少，有保姆、浆洗缝做的女仆、厨子、园丁、司机，以及打杂的工人等等。所以当S笑着说"后方见"的时候，我也只笑着说："我这单身汉是拿起脚来就走，你这一个'公使馆'如何搬法？" P 也只笑了笑，说："× 先生，你到那边若见有地质方面新奇的材料，在可能的范围内，寄一点来我看看。"

从此又是三年——

忽然有一天，我在云南一个偏僻的县治旅行，骑马迷路。

那时已近黄昏，左右皆山，顺着一道溪水行来，逢人便问，一个牧童指给我说："水边山后有一个人家，也是你们下江人，你到那边问问看，也许可以找个住处。"我牵着马走了过去，斜阳里一个女人低着头，在溪边洗着衣裳，我叫了一声，她猛然抬起头来，我几乎不能相信我的眼睛，那用圆润的手腕，遮着太阳，一对黑大的眼睛，向我注视的，不是 S 是谁？

我赶了过去，她喜欢地跳了起来，把洗的衣服也扔在水里，嘴里说："你不嫌我手湿，就同我拉手！你一直走上去，山边茅屋，就是我们的家。P 在家里，他会给你一杯水喝，我把衣裳洗好就来。"

三个孩子在门口草地上玩，P 在一边挤着羊奶，看见我，呆了一会，才欢呼了起来。四个人把我围拥到屋里，推我坐下，递烟献茶，问长问短。那最大的九岁的孩子，却溜了出去，替我喂马。

　　S提着一桶湿衣服回来，有一个小脚的女工，从厨房里出来，接过，晾在绳子上。S一边擦着手笑着走了进来，我们就开始了兴奋而杂乱的谈话，彼此互说着近况，从谈话里知道他们是两年前来的，我问起她的祖父，她也问起我的父亲。S是一刻不停地做这个那个，她走到哪里，我们就跟到哪里谈着。直到吃过晚饭，孩子们都睡下了，才大家安静地，在一盏菜油灯周围坐了下来。S补着袜子，P同我抽着柳州烟，喝着胜利红茶谈话。

　　S笑着说："这是'公使馆'的'山站'，我们做什么就是得像什么！×叔叔！这座茅屋，就是P指点着工人盖的，门都向外开，窗户一扇都关不上！拆了又安，安了又拆，折腾了几十回。这书桌、书架、沙发、椅子都是P同我自己钉的，我们用了七十八个装煤油桶的木箱。还有我们的床，那是杰作，床下还有放鞋的矮柜子。好玩得很，就同我们小时玩'过家家'似的，盖房子、造家具、抱娃娃、做饭、洗衣服、养鸡、种菜，一天忙个不停，但是，真好玩，孩子们都长了能耐，连P也会做些家务事。我们一家子过着露营的生活，笑话甚多，但是，我们也时常赞叹自己的聪明，凡事都能应付得开。明天再带你去看我们的鸡棚、羊圈、蜂房，还有厕所，……总而言之，真好玩！"

我凝视着她，"真好玩"三字就是她的人生观，她的处世态度，别的女人觉得痛苦冤抑的工作，她以"真好玩"的精神，"举重若轻"地应付了过去。她忙忙的自己工作，自己试验，自己赞叹，真好玩！她不觉得她是在做着大后方抗战的工作，她就是萧伯纳所说的："在抗战时代，除了抗战工作之外，什么都可以做"的大艺术家！

当夜他们支了一张行军床——也是他们自己用牛皮钉的——把我安放在 P 的书室里，这是三间屋子里最大的一间，兼做了客室、储藏室等等。墙上仍是满钉着照片图画，书架上摞着满满的书，墙角还立着许多锄头、铁铲、锯子、扁担之类。灭灯后月色满窗，我许久睡不着，我想起北平的"澳州中国公使馆"，想起我的父亲，不知父亲若看了这个山站，要如何想法！

阳光射在我的脸上，一阵煎茶香味，侵入鼻管。我一睁眼，窗外是典型的云南的海蓝的天，门外悄无声息。我轻轻地穿起衣服，走了出来，看见S蹑手蹑脚地在摆着早饭，抬头看见我，便笑说："睡得好吧？你骑了一天马，一定累了，我们没有叫你。P上班去了，孩子们也都上学了，我等着你一块儿吃粥。"说着忙忙地又到厨房里去了。

我在外间屋里，一面漱洗，一面在充满阳光的屋子里，四周审视。"公使馆"的物质方面，都已降低，而"公使馆"的整洁美观的精神，尽还存在，还添上一些野趣。饭桌上蒙着一块白底红花土布，一只大肚的陶罐里，乱插着红白的野花。

桌上是一盘黄果——四川人叫作广柑，对面摆着两只白盘子，旁边是两把红柄的刀子，两双红筷子，两个红的电木的洗手碗，两块白底红花的饭巾……正看着，S端了一盘鸡蛋炸馒头片进来，让我坐下，她自己坐在对面。我们一面剥黄果，一面谈话。

白天看S，觉得她比三年前瘦了许多，但精神仍旧是很好，身上穿着蓝底印白花的土布衫子、短袜子、布鞋；脸上薄施脂粉，指甲也染得很红。我笑说："你的化妆品都带来了吧？"她也笑说："都带来了，可是我现在用的是鹅蛋粉和胭脂棉。凤仙花瓣和白矾捣了也可以染指甲。"

我们吃着 S 自制的咸鸭蛋和泡菜，吃过稀饭，又喝了煎茶。坐了一会，S 就邀我去参观她的环境。出到门外，菜园里红的是辣椒、西红柿，绿的是豆子，黄的是黄瓜，紫的是茄子，周围是一片一片的花畦，阳光下光艳夺目，蜂喧蝶闹。菜园的后面，简直像个动物园！十几只意大利的大白鸡，在沙地上吃食，三只黑羊，两只狼犬——我的那匹马也拴在旁边——还有小孩子养的松鼠和白兔。一只极胖的蓝睛的暹罗猫，在篱隙出入跳跃。

转到山后，便看见许多人家，S 说这便是市中心，有菜场，有邮政代办所，有中心小学校。P 的"地质调查所"是全市最漂亮高大的房子，砖墙瓦顶，警察岗亭就设在门边。我们穿过这条"大街"的时候，男女老幼，村的俏的，都向 S 招呼，说长道短。有个妇人还把一个病孩子，从门洞里抱出来给 S 看。当我们离开这人家的时候，我笑说："S，如今你不是公使夫人，而是牧师太太了！"她笑了一笑。

大街尽头，便是五六幢和 S 的相似的房子，那是地质调查所同人的住宅。S 也带我进去访问。那些太太们大都是外省人，看见我去都很亲热，让坐让茶。她们的房间和 S 的一样，而陈设就很乱很俗，自己是乱头粗服，孩子们也啼哭喧闹。这些太太们不住地向我道歉，说是房间又小，用人又笨，什么都不趁手，哪能像北平、上海那样的可以待客呢？我无聊地坐了一会，也就告辞了出来。

回来的路上，S 请我先走，说她还要到小学里去教一堂课。我也便不回来，却走到"地质调查所"去找 P，参观了他们的工作。等到 P 下班，我们一同走出来，三个孩子十分高兴地在门口等着，说是"妈妈炖了鸡，烤了肉，蒸了蛋羹，请客人回去吃大馒头去！"

午后我睡了一大觉，醒起便要走路，S 和 P 一定不肯，说今晚要约几个朋友来和我谈谈。S 笑说还有几位漂亮的太太。

我说："假如你们可怜我，就免了这一套吧，我实在怕见生人；还有，你也扮演不出'公使馆'那一出！" P 说："也好，你再住一天，我们不请客人好了。" S 想了一会，笑了，说："晚饭以前，我还有事，你们带这几个孩子到对山去玩去，六时左右，带些红杜鹃花回来。"我们答应了，孩子们欢呼着都跑在前面去了。

我和 P 对躺在山头草地上，晒着太阳。我说："你们这一对儿真好，你从前是那样稳静，现在也是那样稳静。S 从前是那样活泼，现在也是那样活泼，不过比从前更老练能干了，真是难得。"P 沉默了一会，说："× 先生，你只知道 S 活泼的一方面，还没有看她严肃的一方面。她处处求全，事事好胜，这一二年来，身体也大不如从前了！她一个人做着六七个人的事，却从不肯承认自己的软弱。你知道她欢喜引用中文成语——英文究竟是她的方言，她睡梦中常说英语——有时文不对题的使人发笑。有一天，我下班回来，发现她躺在床上，看见我就要起来。我按住她，问她怎么了，她说没有什么。只觉得有一点头晕。我在床边坐了一会，她忽然说：'P，我这个人真是"心比天高，命比纸薄"。'我心里忽然一阵难过，勉强笑说：'别胡说了，你知道"薄命"这两个字，是什么意思。'她却流下泪来，转身向里躺着去了。× 先生，你觉得……"

　　P 说不下去了，我也不觉愣住，便说："我自然看出 S 严肃的一方面，她如果不严肃，她不会认得你，她如果不严肃，她不会到内地来，她的身体是不如从前了，你要时时防护着她！至于她所说的那两句话你倒不必存在心里，她对于汉文是半懂不懂的。"P 不言语，眼圈却红了。

这时候孩子们已抱着满怀的红杜鹃花，跑了上来，说："我们该回去了，晚饭以前，我们还要换衣服呢。"

一进家门，那"帮工"的李嫂，穿着一身黑绸的衣裤，系着雪白的围裙，迎了出来，嘴里笑着说："客人们请客厅坐。"

我们进到中间屋里，看着餐桌上铺着雪白的桌布，点着辉煌的四支红烛，中间一大盘的红杜鹃花，桌上一色的银盘银箸，雪白的饭巾。我们正在诧愕，李嫂笑着打起卧房的布帘子，说："太太！客人来了。"S 从屋里笑盈盈地走了出来，身上穿着红丝绒的长衣，大红宝石的耳坠子，脚上是丝袜，金色高跟鞋，画着长长的眉，涂上红红的嘴唇，眼圈边也抹上淡淡的黄粉，更显得那一双水汪汪的俊眼——这一双俊眼里充满着得意的淘气的笑——她伸出手来，和我把握，笑说："×先生晚安！到敝地多久了？对于敝处一切还看得惯吧？"我们都大笑了起来，孩子们却跑过去抱着S的腿，欢呼着说："妈妈，真好看！"

回头又拍手笑说："看！李嫂也打扮起来了！"李嫂忍着笑，走到厨房里去了。

我们连忙洗手就座。因为没有别的客人，孩子们便也上席，大家都兴高采烈。饭后，孩子们吃过果点，陆续地都去睡了。S又煮起咖啡，我们就在廊上看月闲谈。看着S的高跟鞋在月下闪闪发光，我就说："你现在没有机会跳舞玩牌了吧？"

S笑说："才怪！P的跳舞和玩牌都是到了这里以后才学会的。晚饭后没事，我就教给P打'蜜月'纸牌，也拉他跳舞。他一天工作怪累的，应当换一换脑筋。"

P笑说："我倒不在乎这些个，我在北平的时候，就不换脑筋。我宁可你在一天忙累之后，早点休息睡觉，我自己再看一点轻松的书。"

我说："S，你会开汽车吧？"

S说："会的，但到这里以后，没有机会开了。"

我笑说："你既会开车，就知道无论多好多结实的车子，也不能一天开到二十四小时，尤其在这个崎岖的山路上。物力还应当爱惜，何况人力？你如今不是过着'电气冰箱，抽水马桶'的生活了，一切以保存元气为主，不能一天到晚的把自己当作一架机器，不停地开着……"

S连忙说："正是这话！人家以为我只会过'电气冰箱，抽水马桶'的生活……"

我拦住她，"你又来，总是好胜要强的脾气！你如果把我当作叔叔，就应当听我的话。"S笑了一笑，抬头向月，再不言语。

第二天一早，我就骑着马离开这小小的镇市。P和S，和三个小孩子都送我到大路上，我回望这一群可爱的影子，心中忽然感激，难过。

回到我住处的第三天，忽然决定到重庆来。在上飞机之前，匆匆地给他们写一封短信，谢谢他们的招待，报告了我的行踪。并说等我到了重庆以后，安定下来，再给他们写信——谁知我一到陪都，就患了一个月的重伤风，此后东迁西移，没有一定的住址。直到两月以后，才给他们写了一封很长的信，许久没有得到回音。又在两月以后，我在一个大学里，单身教授的宿舍窗前，拆开了P的一封信：

×先生：

我何等的不幸，S已于昨天早晨弃我而逝！原因是一位同事出差去了，他的太太忽然得了急性盲肠炎。S发现了，立刻借了一部车子，自己开着，送她到省城。等到我下班，看见了她的字条，立刻也骑马赶了去……

那位太太已入了医院，患处已经溃烂，幸而开刀经过良好，只是失血太多，需要输血。那时买血很贵，那位太太因经济关系，坚持不肯。S又发现她们的血是同一类型，她就输给那太太二百CC的血……

我要她同我回来，她说那太太需要人照料，而又请不起特别护士，她必须留在那里，等到她的先生来了再走。我拗她不过，所中公务又忙，只得自己先走……三星期之后，S回来了，瘦得不成样子！原来在三星期之内，她输给那太太四百CC的血。从此便躺了下去，有时还挣扎着起来，以后就走不动了。医生发现她是得了黍形结核症，那是周身血管，都有了结核细菌，是结核症中最猛烈最无可救药的一种！病原是失血太多，操劳过度，营养不足，……这三个月中，急坏了S，苦坏了孩子，累坏了我，然而这一切苦痛，都不曾挽回我们悲惨的命运！……

她生在上海，长在澳洲，嫁在北平，死在云南，享年三十二岁……

如同雷轰电掣一般，我呆住了，眼前涌现了S的冷静而含着悲哀的、抬头望月的脸！想到她那美丽整洁的家，她的安详静默的丈夫，她的聪明活泼的孩子……

忽然广场上一声降旗的号角，我不由自主地，扔了手里的信，笔直地站了起来。我垂着两臂，凝望着那一幅光彩飘扬的国旗，从高杆上慢慢地降落了下来，在号角的余音里，我无力地坐了下去，我的眼泪，不知从哪里来的，流满了我的脸上了！

庙宿

陆蠡

　　"冷庙茶亭，街头路尾，只有要饭叫化的人，只有异乡流落的人，只有无家可归的破落户，只有远方云游的行脚僧，才在那里过夜。有个草窝的人任凭是三更半夜，十里廿里，总得回自己的窝里去睡，何况有高床板铺的人家！……"一个夏天的清早，昧爽时分，我还阖着眼睛睡在床上，就听见父亲这样大声地申饬①着。听说话的语气是十分生气了。父亲平常虽则很少言笑，望去有几分威严的样子，但也不轻易责骂。只要没有十分大过错，总装着不闻不见，不来理睬我们的，这样严厉的高声的斥责，在我听来好像还是初次。

　　这话是对我的表弟而发的。表弟比我小了几岁，因为早年便丧了父母，所以一大半的日子是住在我的家里。舅父的名分是比生身父母更亲的。我父亲姊妹两人，就只有这块骨肉，想起这两家门祚②衰微，夜深谈话时太息着的时候也有过。因此表弟住在我家里的时候，是十分被珍爱宝贝着的。比较起我们来，他是有几分娇宠了。春天，他和邻家的孩子们去踢毽子，打皮球，放纸鹞，夏天，到溪边去摸鱼、捉蟋蟀，都纵容着，但求他爱吃爱玩，快长快大，舍不得用读书写字的约束去磨折他，只是崖边水边，暗中托人照料而已。我们呢，却时常为了参加这种游戏而被责罚的，这点在当时我们的心里颇有些愤愤不平，说起来是我们年纪大一点，只好不计较了。

表弟在他自己家里的时候，便益发放纵，简直成为顽皮的了。他家离我家只有三里路，往来这两家之间，有时便两头都管不着。那一天早晨他在东方发白的时候便擂着大门，高声地喊："开门，我来了。"一进门来便气吁吁地说："舅父，你知道我们昨晚在哪里过夜？昨晚，我和邻哥儿到沙滩上捉蟋蟀，直到夜深，'七姐妹'都快要上山了，便和他们在茶亭里睡了一觉，天一亮我便跑来这里了。"说着颇带得意的神色，意思是要舅父夸奖他几句，称赞他的大胆。却不料遭了一顿斥骂。当时我的心里着实替他不好过。心想他一团高兴，劈头浇了一盆冷水，脸上太过不去啊！当时表弟的心中是悔是怨是恨，不得而知，但看他自此以后便从来不曾在外边过夜这一点的事实，大概在细思之后觉得长辈的话是有几分理由的吧。

听了这隔面的教训之后，我益发不敢自由放肆了。虽则我渐渐地不满意起我所处的天地的狭小；渐渐地不欢喜起这方墙头里边的厅屋，庑廊；我讨厌这太熟识太平淡无奇的天天睡的房间，和它的一切陈设：那刻着我不认识的篆字和钟鼎文的旧衣橱，那缘口上贴着没有扯撕干净的红纸方的木箱，那床额雕着填青的"松鼠偷葡萄"，嘴里老是衔着一个颗粒却又永久吞不到肚子里去；枕窗的前面，右边是雕刻着戴状元帽的哥儿永远骑着一匹马，背后两个跟随老是一个打着伞盖，一个捧着拜盒，另一边则是坐在车中的美女，脸是白的，唇是红的，衣是金的，后面也跟着两个打掌扇的丫头。还有许多别的"如意和合""喜鹊衔梅"……等等雕镂，我统统看厌了。这些没有变化的摆设满足不了我的好奇，这小小的方角容纳不下年轻磅礴的心，我想突破这藩篱，飞向不知名的天地，不，只要离开这紧闭的屋子就好！我幻想，假如我能睡在溪边的草地上过夜，四面都没有遮拦，可以任意眺望，草地上到处长满了花，红的，白的，紫的，十字形的，钟形的，蝴蝶形的……都因为露珠的重量把头都压得低了。天上的流星像雨般掉下来，金红色的，橙黄色的，青蓝色的，大的，小的，圆的，五角的……我便不嫌多地捡满了整个衣袋。待回家来的时候，我要把它缀在蚊帐里面，一颗颗，一双双，亮晶晶的，……母亲临睡前拿了马尾的拂子撩开蚊帐要赶蚊子出去的时候，会吓了一大跳，说，"咦，在哪里捉得这许多萤火虫来啊！这不洁的东西！……"于是我笑歪了头，笑得连气也喘不过来，告诉她："这是星星哪，我在溪边捡来的。你下次还放我出去么？"一手揪住她的衣裾，牵磨似的转，她一定不会生气。我又幻想，正如在一本图画册上看到的，说是到北极探险去的人，吃的是白熊的肉，睡的是白熊皮缝就的皮袋，……我颇佩服这皮袋的发明者，假如我有一只皮袋，我便可以离开这古旧的屋子，到新的地方去。白天，沿途采些草果充饥。晚上便睡在皮袋里，把头伸在外面。皮袋密不透风，不会受寒，并且什么地方都可以睡，不必拣什么草地了。……这样幻想尽自幻想着，而实际从不曾在外边过夜。跟着母亲到冷落的水碓或水磨里去的时候是有的，但不论半夜三更，总得回家去睡。

偶然白天到什么庙里去玩的时候，在壁角上常常看到黝黑的火烧过的痕迹，或者四散在地上的稻草堆。年长的同伴告诉我，这是叫化子们睡的地方，烧火则是因为太冷或者是烤煮从人家讨来的或从别人田里偷来的东西。庙里的地面大都是石铺的或是捶平的泥土，所以可想这地上是很冷很潮湿的。庙门往往没有。即使原来有，迟早会给他们拆下来劈作柴烧个精光。这庙头殿角，冬天多风，夏天多蚊，确不是睡的地方。我想父亲所说的有家的总要回到自己家里过夜的话是有理的了。又有一次我注意菩萨前面香案底下的木台上，钉着许多粗木的桩子，"这是防止叫化子们在香案底下打瞌睡的，"我想。"则菩萨也不欢喜穷人们吗？"托一神之庇护且不可得，我感到睡在道旁殿角的人们有祸了。

　　我在父母的卵翼底下度过了平安的童年，不懂得人世风霜疾苦。假如我回溯起我第一次觉得人生的旅途是并不如幻想那般的美丽时，是在我十八岁的一个夏天。

　　那夏天，我从 K 地回家去。途中不知是为什么缘故，我病了。是不很轻的病，我发热，头痛，四肢无力。幸而已行近 ×埠，看看踏上故乡的山水了，耳朵听到的也是熟识的乡音。我知道在这种地方无论如何总不致吃大亏的，所以便也放心了。

×埠离家还有一百七八十里之遥，一路沿山靠水，上水船要行四五天，没有车，也没有骡马等代步。——现在，自从五丁凿破之后，这条官道是通行着汽车了——山轿是有的，很贵也不很舒服，所以我便照着往常的习惯，——上水步行下水乘船——把行李交给过塘行（一种小型的转运公司），独自个掮着一顶伞，开始沿着官道走去。

第二天下午吃点心的时分，到了一个叫作长毛岭的地方。这岭因为打长毛得名，岭上还勒石一方，说明长毛被百姓打散的事迹。岭并不高，但是颇为陡峻。我走到岭脚的时候，突然一种晕眩攫住了我。我觉得无力。"休息一回罢，"我想。看看附近没有人家，离大路五十步远一株大枫树底下有一座庙。许多挑担的人坐在庙里乘凉憩息，担子则放在树荫底下。一副卖糖摊子摆在庙前，卖糖的习惯似的摇着糖鼓。这冬冬的声音才使我注意到这庙。我踅了进去，就在香案底下的木台上——且喜这上面没有木桩子，乡村的灵魂究是比较宽大的啊——坐下。案前烛台上亮着几双蜡烛，炉里香烟绕缭着，这倒不是冷庙呢，我想。一阵沁人的香气在风中送来。抬头一看，庙前的照壁上攀满一墙的忍冬花，八九已凋谢了。"可惜离家太远，否则可以采下这些花卖给药铺呢！"想着，便倚在香案的脚上假寐着，养着神。

时间过去，挑担的一个个都走了。太阳已经扒到岭后，山的巨影压到这庙上来，远处的平畴上闪耀着一片阳光，而这片阳光随着山影的进逼逐渐后退，愈退愈远，愈退愈狭了。庙中只留卖糖的和我。最后卖糖的也摇起一阵糖鼓，向我投来疑问的一瞥走了。这冬冬的声音和一瞥的眼光似乎在催我，说，"暮了，还不赶路！"

我好像有这样的一种习惯，在上一分钟内不想到下一分钟内的事。所以在卖糖的担子去后，我还着实挨了一刻时光，坐在那里不动。人都散了，抛下一团清静给这庙，鸟雀在人声阗然后都从屋脊飞集到墙头上，喊喊喳喳地噪着。暮了，我站起来一阵晕眩，好像从头顶上压下来，我不禁踉跄而却步。我又坐下来。我伸手探一探额，热得炙手，却没有一丝汗湿。身子也有点发颤。"病了，这回，却是真的。"我便照原来的姿势倚在香案的脚上。

暮色好像悬浮在浊流中的泥沙，在静止的时候便渐渐沉淀下来。太阳西坠，人归，鸟还林，动的宇宙静止，于是暮色便起了沉淀。也如沙土的沉淀一样，有着明显的界层，重的浊的沉淀在谷底，山麓，所以那儿便先暗黑了。上一层是轻清的，更上则几乎是澄澈的，透明的了。那时我所坐的庙位在山麓当然是暮色最浓最厚密的地方，岭腰是半明半暗，而岭的上面和远山的顶则依旧光亮，透明。一只孤独的鹰在高空盘旋着。那儿应该是暮色最稀的地方，也许它的背上还曝着从白云反照下来的阳光呢。鹰是被祝福的，它是最后的被卷入黑暗者，而我则在这古庙之中，香案之下，苦于暮色之包围。

上弦月在西天渐渐明显了，这黑夜的帏幕的金钩。原来我可以踏着这薄明的月色扒过这条岭，这岭后五六里远摆渡处有住宿的店家。我是误了行程了。现在连开步的力气都没有。

看看这庙里并不肮脏，看看这一墙的忍冬花是清香可喜，一种好奇的心突然牵引着我："既然走不动，便在这香案底下睡他一宵，且看他怎样？"我思想着，"也许，在半夜里，像在荒诞不经的故事里所说的，会听到山灵的私语，说，在某处，藏着一缸金和一缸银啊！……哦，我明了这类故事的起源了。大概也是像我这样的人，——不，比我更穷更可怜的人——大概也是读过几句书的，——幻想很多，牢骚不少，——也来睡在这冷庙的香案底下——却不是为了病——为要排遣长夜的寂寥，为要满足这使'壮士无颜'的黄金的欲望，于是便编造这故事出来，逢人便说：听哪！我一天路过——请注意是路过啊——什么地方，天黑了，找不到宿处，便栖在一只破庙里。半夜——唔，子时——我听到有窃窃私语的声音，哪儿来的人呢，在这时候！一定是歹类无疑的了——我可不会报官邀赏——我屏息听着，听着，起先不大明了，但是最后这几句是听得清清楚楚，说是在离此不远，一株大漆树——漆树，是可怕的树——的根旁，离土三尺的地方，有两块见方石板，石板底下是两只大缸，左边的一缸是金，右边的一缸是银。那大漆树的周围二丈之内是没有人敢走近的，一走近了便会头脸发肿见不得人……但是如果用了绿豆芽煎汤，洗了脸，抹过身，拿了鸦嘴锄，跑近树边去，把土掘开来……则藏金便毫不费力地可得了……这位贫士到处宣扬他的奇遇，起先是开玩笑的，后来愈说愈正经，竟敢赌咒说他是亲耳听见的了。别人少不得要反驳他，'那么你为什么不去发财呢？''因为我根本没有钱买绿豆芽煎汤啊！……'于是哈哈大笑，说故事的和听的都满足了。"

我这样想着，我脱下布鞋，预备当作枕头睡下。庙宿虽是初次，我也不胆怯。明天，病好了，天未明前便起身走，一口气跑到家……

忽然一种悲哀涌自我的心底。我记起从前父亲责骂表弟的话。我想到他的话的用意深长了。当时他这样大声地呵叱着是故意叫我听见的么？是预知我有一天会在外边逢到山高水低，为免却这"迟行早宿"的嘱咐，便借着发怒的口吻，寓着警戒之意么？父亲知道我凡事小心，所以叮咛嘱咐的话也很少，不过偶然在谈话中间流露出来，每使我牢记不忘。现在假如我到家的时候，照例地端详了我的脸色，关切地问，"昨晚宿在什么地方？"我将噙着眼泪从实的说："唔……我病了，走不动，宿在长毛岭脚的庙里，一个人，……"还是打句从来不曾作过的谎话呢？父亲听到这番话后将如何想？……世间的父母，辛勤劳苦地为他们的子女都预备了一个家，大的小的，贫的富的，希望子女们不致抛荒露宿，而世上栖迟于荒郊冷庙中者，又不知有多少人！

痛苦咬着我，刚才的幻想烟般地消散了，我站起来，扶到庙前。望着黑幢幢的山岭，这挡在面前的山岭竟成为"关山难越"

的了。"谁悲失路之人。"古句的浮忆益令我怆然。半钩的月亮隐到岭后去了。山岭更显得蒙暗。这是行不得了,我回坐在香案底下。我睡倒,又起来。

"咦,你是 × 镇来的么,天黑了,坐在这里做什么?"

一位中年妇人拿了一个香篮踏进庙来,熟视我的脸,惊讶地问。这熟视的眼光使我非常为难。

"是 × 哥儿吗?"

这种不意地直呼我的奶名怔住了我。我想否认,但说不出口。

"你认不得我,难怪,十多年头了。我是你的堂姊,××是我的哥哥的名字。我家和你家,也离不了百几步路。小时候我时常抱你的。"

她急促地把自己介绍出来,毫无疑义地她的眼睛不会看错。

我知道这位姊姊的名字,我也知道这位姊姊的命运。小时候我确是晨夕不离地跟着她的。她抱我,挽我到外边去采野生的果实,拔来长在水边的"千斤草"编成胡子,挂在我的耳朵上。端午时做香袋系在我的胸前。抱我睡的时候也有。有一次还带了一只大手套,在黑夜里把我吓得哭起来,那时我已有牢固的记忆了。在她出嫁的一天,好像并不以离开我为苦,在我哭着不给她走的时候分明地嫣然笑了。以后，我听到她的一些消息，都是悲惨的，不过我也全凭耳食得来，不十分准确。至于她如何会在这时候，在这地方和我遇见，那是不能不惊于命运的簸弄了。

看我一声不响，大概知道我有不得已的情形，便不再追问，只是热情地说，"天黑了，到我家去过夜，脏一点。"

接着连推带挽地把我拉进她的家。这不是家，这是庙左旁的一间偏屋。刚才我从右边进来，所以不曾留心到。屋里面只有一张床，一个灶，没有鸡，没有猫，没有狗，没有孩子，也没有老人，这不像家。

在我在床沿上坐了下去并且回答她我是她的堂弟的时候，她好像异常高兴似地问我："你为什么不雇把轿子呢？你在外面读书的，像你这样真有福气。你们是选了又选，挑了又挑的人。"

接着答应我的问句话便川流似的滔滔地流出来。她诉出了她一生的悲苦，在弟弟的面前诉说悲苦是可耻的呀，以前不是我每逢受委曲的时候跑去诉给她听的么？但是她还得这样地诉说着诉说着，世上她已无可与诉的人了。她说到她如何受她的丈夫的摈弃，受她自己的同胞的兄弟的摈弃，如何受邻里叔伯的摈弃，如何的失去她的爱儿，如何的成了一个孤独伶仃的人。

她年纪仅三十左右，但望去好像四十的老人了。她又告诉我怎样来这庙，每天于早晨傍晚在神前插几炷香，收一点未燃完的蜡烛，庙里每年有两石租谷，她每年便靠这租谷和香火钱过活，勉强也过得去。

"靠来靠去还是靠菩萨。"慑于人之不可靠而仅能乞灵于神，她吐出这样可悲的定命论来了。

"但是你为什么这样晚坐在这里？"紧接着她便问。

"病了。"我简单地回答。

听说我病了，她便收拾起她未说完的话，赶紧到灶下点起一把火，随即在屋的一只角落里拿来一束草——这类似薄荷的药用植物在家乡是普遍地应用着的——放在锅里煎起来，一面把她自己的床铺理了一理，硬要我睡下，又在什么地方找出一包红糖，泡在汤里，热腾腾地端来给我。一边抱歉似的说，"糖太少，苦一点。"

在她端汤给我喝的时候，这步行和端碗的姿态仍然是十多年前我熟识的她。我熟识她的每一个小动作。我感到安慰，我感到欣喜，在眼前，这化身为姊姊的形态的一切的家的温柔，令我忘了身在荒凉的岭下。她催我睡，不肯和我多说话，自己在床前地上展开一个旧毡陪我，我在这抚爱的幸福中不知不觉地睡去。

次晨动身的时候，她为我整整衣领，扯扯衣襟，照着从前的习惯，直到我走到岭的半腰，回头望这古庙时，她还兀自茫然地站在那里。我到家后，讳说起这回事，只说我身体不好，懒说话。

出外的时候，坐的是顺水船，没有过那庙。第二次回家的时候，走的另外一条路，没过她那里，出外又是坐船。两年前，我故意绕道去望她的时候，已是不在。住在偏屋里的是另一个女人。问起她的去处，一点也不知道。在家里我也打听不明她的去处。

"住在冷庙茶亭里的人有祸了。"我时常这样想。

"有家的不论三更半夜，十里廿里，总得回去……"父亲的话始终响在我的耳际。假使千途万水，百里几百里呢？则父亲母亲的照顾所不及可知。

注释：

① 告诫。

② 家世。

③ 出自唐代诗人王勃所作的《滕王阁序》。

桨声灯影里的秦淮河

朱自清

一九二三年八月的一晚，我和平伯同游秦淮河；平伯是初泛，我是重来了。我们雇了一只"七板子"，在夕阳已去，皎月方来的时候，便下了船。于是桨声汩汩，我们开始领略那晃荡着蔷薇色的历史的秦淮河的滋味了。

秦淮河里的船，比北京万牲园、颐和园的船好，比西湖的船好，比扬州瘦西湖的船也好。这几处的船不是觉着笨，就是觉着简陋、局促；都不能引起乘客们的情韵，如秦淮河的船一样。秦淮河的船约略可分为两种：一是大船；一是小船，就是所谓"七板子"。大船舱口阔大，可容二三十人。里面陈设着字画和光洁的红木家具，桌上一律嵌着冰凉的大理石面。窗格雕镂颇细，使人起柔腻之感。窗格里映着红色蓝色的玻璃；玻璃上有精致的花纹，也颇悦人目。"七板子"规模虽不及大船，但那淡蓝色的栏杆，空敞的舱，也足系人情思。而最出色处却在它的舱前。舱前是甲板上的一部分，上面有弧形的顶，两边用疏疏的栏杆支着。里面通常放着两张藤的躺椅。躺下，可以谈天，可以望远，可以顾盼两岸的河房。大船上也有这个，便在小船上更觉清隽罢了。舱前的顶下，一律悬着灯彩；灯的多少，明暗，彩苏的精粗，艳晦，是不一的。但好歹总还你一个灯彩。这灯彩实在是最能勾人的东西。夜幕垂垂地下来时，大小船上都点起灯火。从两重玻璃里映出那辐射着的黄黄的散光，反晕出一片朦胧的烟霭；透过这烟霭，在黯黯的水波里，又逗起缕缕的明漪。在这薄霭和微漪里，听着那悠然的间歇的桨声，谁能不被引入他的美梦去呢？只愁梦太多了，这些大小船儿如何载得起呀？我们这时模模糊糊地谈着明末的秦淮河的艳迹，如《桃花扇》①及《板桥杂记》②里所载的。我们真神往了。我们仿佛亲见那时华灯映水，画舫凌波的光景了。于是我们的船便成了历史的重载了。我们终于恍然秦淮河的船所以雅丽过于他处，而又有奇异的吸引力的，实在是许多历史的影像使然了。

秦淮河的水是碧阴阴的；看起来厚而不腻，或者是六朝金粉所凝么？我们初上船的时候，天色还未断黑，那漾漾的柔波是这样的恬静，委婉，使我们一面有水阔天空之想，一面又憧憬着纸醉金迷之境了。等到灯火明时，阴阴的变为沉沉了：黯淡的水光，像梦一般；那偶然闪烁着的光芒，就是梦的眼睛了。我们坐在舱前，因了那隆起的顶棚，仿佛总是昂着首向前走着似的；于是飘飘然如御风而行的我们，看着那些自在的湾泊着的船，船里走马灯般的人物，便像是下界一般，迢迢的远了，又像在雾里看花，尽朦朦胧胧的。

　　这时我们已过了利涉桥，望见东关头了。沿路听见断续的歌声：有从沿河的妓楼飘来的，有从河上船里渡来的。我们明知那些歌声，只是些因袭的言词，从生涩的歌喉里机械地发出来的；但它们经了夏夜的微风的吹漾和水波的摇拂，袅娜着到我们耳边的时候，已经不单是她们的歌声，而混着微风和河水的密语了。于是我们不得不被牵惹着，震撼着，相与浮沉于这歌声里了。从东关头转湾，不久就到大中桥。大中桥共有三个桥拱，都很阔大，俨然是三座门儿；使我们觉得我们的船和船里的我们，在桥下过去时，真是太无颜色了。桥砖是深褐色，表明它的历史的长久；但都完好无缺，令人太息于古昔工程的坚美。桥上两旁都是木壁的房子，中间应该有街路？这些房子都破旧了，多年烟熏的迹，遮没了当年的美丽。我想象秦淮河的极盛时，在这样宏阔的桥上，特地盖了房子，必然是髹漆③得富富丽丽的；晚间必然是灯火通明的。现在却只剩下一片黑沉沉！但是桥上造着房子，毕竟使我们多少可以想见往日的繁华；这也慰情聊胜无了。过了大中桥，便到了灯月交辉，笙歌彻夜的秦淮河；这才是秦淮河的真面目哩。

大中桥外，顿然空阔，和桥内两岸排着密密的人家的大异了。一眼望去，疏疏的林，淡淡的月，衬着蓝蔚的天，颇像荒江野渡光景；那边呢，郁丛丛的，阴森森的，又似乎藏着无边的黑暗：令人几乎不信那是繁华的秦淮河了。但是河中眩晕着的灯光，纵横着的画舫，悠扬着的笛韵，夹着那吱吱的胡琴声，终于使我们认识绿如茵陈酒的秦淮水了。此地天裸露着的多些，故觉夜来的独迟些；从清清的水影里，我们感到的只是薄薄的夜——这正是秦淮河的夜。大中桥外，本来还有一座复成桥，是船夫口中的我们的游踪尽处，或也是秦淮河繁华的尽处了。我的脚曾踏过复成桥的脊，在十三四岁的时候。但是两次游秦淮河，却都不曾见着复成桥的面；明知总在前途的，却常觉得有些虚无缥缈似的。我想，不见倒也好。这时正是盛夏。我们下船后，借着新生的晚凉和河上的微风，暑气已渐渐消散；到了此地，豁然开朗，身子顿然轻了——习习的清风荏苒在面上，手上，衣上，这便又感到了一缕新凉了。南京的日光，大概没有杭州猛烈；西湖的夏夜老是热蓬蓬的，水像沸着一般，秦淮河的水却尽是这样冷冷地绿着。任你人影的憧憧，歌声的扰扰，总像隔着一层薄薄的绿纱面幂似的；它尽是这样静静地，冷冷地绿着。我们出了大中桥，走不上半里路，船夫便将船划到一旁，停了桨由它宕着。他以为那里正是繁华的极点，再过去就是荒凉了；所以让我们多多赏鉴一会儿。他自己却静静地蹲着。他是看惯这光景的了，大约只是一个无可无不可。这无可无不可，无论是升的沉的，总之，都比我们高了。

那时河里闹热极了；船大半泊着，小半在水上穿梭似的来往。停泊着的都在近市的那一边，我们的船自然也夹在其中。因为这边略略的挤，便觉得那边十分的疏了。在每一只船从那边过去时，我们能画出它的轻轻的影和曲曲的波，在我们的心上；这显着是空，且显着是静了。那时处处都是歌声和凄厉的胡琴声，圆润的喉咙，确乎是很少的。但那生涩的，尖脆的调子能使人有少年的，粗率不拘的感觉，也正可快我们的意。况且多少隔开些儿听着，因为想象与渴慕的作美，总觉更有滋味；而竞发的喧嚣，抑扬的不齐，远近的杂沓，和乐器的嘈嘈切切，合成另一意味的谐音，也使我们无所适从，如随着大风而走。这实在因为我们的心枯涩久了，变为脆弱；故偶然润泽一下，便疯狂似的不能自主了。但秦淮河确也腻人。即如船里的人面，无论是和我们一堆儿泊着的，无论是从我们眼前过去的，总是模模糊糊的，甚至渺渺茫茫的；任你张圆了眼睛，揩净了眦垢，也是枉然。这真够人想呢。在我们停泊的地方，灯光原是纷然的；不过这些灯光都是黄而有晕的。黄已经不能明了，再加上了晕，便更不成了。灯愈多，晕就愈甚；在繁星般的黄的交错里，秦淮河仿佛笼上了一团光雾。光芒与雾气腾腾地晕着，什么都只剩了轮廓了；所以人面的详细的曲线，便消失于我们的眼底了。但灯光究竟夺不了那边的月色，灯光是浑的，月色是清的，在浑沌的灯光里，渗入了一派清辉，却真是奇迹！那晚月儿已瘦削了两三分。她晚妆才罢，盈盈地上了柳梢头。天是蓝得可爱，仿佛一汪水似的；月儿便更出落得精神了。岸上原有三株两株的垂杨树，淡淡的影子，在水里摇曳着。它们那柔细的枝条浴着月光，就像一支支美人的臂膊，交互地缠着，挽着；又像是月儿披着的发。而月儿偶然也从它们的交叉处偷偷窥看我们，大有小姑娘怕羞的样子。岸上另有几株不知名的老树，光光地立着；在月光里照起来，却又俨然是精神矍铄的老人。远处——快到天际线了，才有一两片白云，亮得现出异彩，像美丽的贝壳一般。白云下便是黑黑的一带轮廓；是一条随意画的不规则的曲线。这一段光景，和河中的风味大异了。但灯与月竟能并存着，交融着，使月成了缠绵的月，灯射着渺渺的灵辉；这正是天之所以厚秦淮河，也正是天之所以厚我们了。

这时却遇着了难解的纠纷。秦淮河上原有一种歌妓，是以歌为业的。从前都在茶舫上，唱些大曲之类。每日午后一时起；什么时候止，却忘记了。晚上照样也有一回。也在黄晕的灯光里。我从前过南京时，曾随着朋友去听过两次。因为茶舫里的人太多了，觉得不大适意，终于听不出所以然。前年听说歌妓被取缔了，不知怎的，颇设想了几次——却想不出什么。这次到南京，先到茶舫上去看看，觉得颇是寂寥，令我无端的怅怅了。不料她们却仍在秦淮河里挣扎着，不料她们竟会纠缠到我们，我于是很张皇了。她们也乘着"七板子"，她们总是坐在舱前的。舱前点着石油汽灯，光亮眩人眼目：坐在下面的，自然是纤毫毕见了——引诱客人们的力量，也便在此了。舱里躲着乐工等人，映着汽灯的余辉蠕动着；他们是永远不被注意的。每船的歌妓大约都是二人；天色一黑。她们的船就在大中桥外往来不息地兜生意。无论行着的船，泊着的船，都要来兜揽的。这都是我后来推想出来的。那晚不知怎样，忽然轮着我们的船了。我们的船好好地停着，一只歌舫划向我们来了，渐渐和我们的船并着了。铄铄的灯光逼得我们皱起了眉头，我们的风尘色全给它托出来了，这使我踟蹰不安了。那时一个伙计跨过船来，拿着摊开的歌折，就近塞向我的手里，说："点几出吧！"他跨过来的时候，我们船上似乎有许多眼光跟着。同时相近的别的船上也似乎有许多眼睛炯炯地向我们船上看着。我真窘了！我也装出大方的样子，向歌妓们瞥了一眼，但究竟是不成的！我勉强将那歌折翻了一翻，却不曾看清了几个字；便赶紧递还那伙计，一面不好意思地说："不要，我们……不要。"他便塞给平伯。平伯掉转头去，摇手说："不要！"那人还腻着不走。平伯又回过脸来，摇着头道："不要！"于是那人重到我处。我窘着再拒绝了他。他这才有所不屑似的走了。我的心立刻放下，如释了重负一般。我们就开始自白了。

我说我受了道德律的压迫，拒绝了她们；心里似乎很抱歉的。这所谓抱歉，一面对于她们，一面对于我自己。她们于我们虽然没有很奢的希望；但总有些希望的。我们拒绝了她们，无论理由如何充足，却使她们的希望受了伤；这总有几分不作美了。这使我觉得很怅怅的。至于我自己，更有一种不足之感。我这时被四面的歌声诱惑了，降服了；但是远远的，远远的歌声总仿佛隔着重衣搔痒似的，越搔越搔不着痒处。我于是憧憬着贴耳的妙音了。在歌舫划来时，我的憧憬，变为盼望；我固执地盼望着，有如饥渴。虽然从浅薄的经验里，也能够推知，那贴耳的歌声，将剥去了一切的美妙；但一个平常的人像我的，谁愿凭了理性之力去丑化未来呢？我宁愿自己骗着了。不过我的社会感性是很敏锐的；我的思力能拆穿道德律的西洋镜，而我的感情却终于被它压服着，我于是有所顾忌了，尤其是在众目昭彰的时候。道德律的力，本来是民众赋予的；在民众的面前，自然更显出它的威严了。我这时一面盼望，一面却感到了两重的禁制：

一、在通俗的意义上，接近妓者总算一种不正当的行为；

二、妓是一种不健全的职业，我们对于她们，应有哀矜勿喜之心，不应赏玩地去听她们的歌。

在众目睽睽之下，这两种思想在我心里最为旺盛。她们暂时压倒了我的听歌的盼望，这便成就了我的灰色的拒绝。那时的心实在异常状态中，觉得颇是昏乱。歌舫去了，暂时宁静之后，我的思绪又如潮涌了。两个相反的意思在我心头往复：卖歌和卖淫不同，听歌和狎妓不同，又干道德甚事？——但是，但是，她们既被逼得以歌为业，她们的歌必无艺术味的；况她们的身世，我们究竟该同情的。所以拒绝倒也是正办。但这些意思终于不曾撇开我的听歌的盼望。它力量异常坚强；它总想将别的思绪踏在脚下。从这重重的争斗里，我感到了浓厚的不足之感。这不足之感使我的心盘旋不安，起坐都不安宁了。唉！我承认我是一个自私的人！平伯呢，却与我不同。他引周启明先生的诗："因为我有妻子，所以我爱一切的女人，因为我有子女，所以我爱一切的孩子。"他的意思可以见了。他因为推及的同情，爱着那些歌妓，并且尊重着她们，所以拒绝了她们。在这种情形下，他自然以为听歌是对于她们的一种侮辱。但他也是想听歌的，虽然不和我一样，所以在他的心中，当然也有一番小小的争斗；争斗的结果，是同情胜了。至于道德律，在他是没有什么的；因为他很有蔑视一切的倾向，民众的力量在他是不大觉着的。这时他的心意的活动比较简单，又比较松弱，故事后还怡然自若；我却不能了。这里平伯又比我高了。

在我们谈话中间，又来了两只歌舫。伙计照前一样的请我们点戏，我们照样的拒绝了。我受了三次窘，心里的不安更甚了。清艳的夜景也为之减色。船夫大约因为要赶第二趟生意，催着我们回去；我们无可无不可地答应了。我们渐渐和那些晕黄的灯光远了，只有些月色冷清清地随着我们的归舟。我们的船竟没个伴儿，秦淮河的夜正长哩！到大中桥近处，才遇着一只来船。这是一只载妓的板船，黑漆漆的没有一点光。船头上坐着一个妓女；暗里看出，白地小花的衫子，黑的下衣。她手里拉着胡琴，口里唱着青衫的调子。她唱得响亮而圆转；当她的船箭一般驶过去时，余音还袅袅的在我们耳际，使我们倾听而向往。想不到在弩末的游踪里，还能领略到这样的清歌！这时船过大中桥了，森森的水影，如黑暗张着巨口，要将我们的船吞了下去，我们回顾那渺渺的黄光，不胜依恋之情；我们感到了寂寞了！这一段地方夜色甚浓，又有两头的灯火招邀着；

桥外的灯火不用说了，过了桥另有东关头疏疏的灯火。我们忽然仰头看见依人的素月，不觉深悔归来之早了！走过东关头，有一两只大船湾泊着，又有几只船向我们来着。嚣嚣的一阵歌声人语，仿佛笑我们无伴的孤舟哩。东关头转湾，河上的夜色更浓了；临水的妓楼上，时时从帘缝里射出一线一线的灯光；仿佛黑暗从酣睡里眨了一眨眼。我们默然地对着，静听那汩汩的桨声，几乎要入睡了；朦胧里却温寻着适才的繁华的余味。我那不安的心在静里愈显活跃了！这时我们都有了不足之感，而我的更其浓厚。我们却又不愿回去，于是只能由懊悔而怅惘了。船里便满载着怅惘了。直到利涉桥下，微微嘈杂的人声，才使我豁然一惊；那光景却又不同。右岸的河房里，都大开了窗户，里面亮着晃晃的电灯，电灯的光射到水上，蜿蜒曲折，闪闪不息，正如跳舞着的仙女的臂膊。我们的船已在她的臂膊里了；如睡在摇篮里一样，倦了的我们便又入梦了。那电灯下的人物，只觉像蚂蚁一般，更不去萦念。这是最后的梦，可惜是最短的梦！黑暗重复落在我们面前，我们看见傍岸的空船上一星两星的，枯燥无力又摇摇不定的灯光。我们的梦醒了，我们知道就要上岸了；我们心里充满了幻灭的情思。

注释：

① 《桃花扇》为清初作家孔尚任所作的一部传奇剧本，共
44 出。在明末南明灭亡的历史背景下讲述了爱国文人侯
方域和名妓李香君的爱情故事。

② 《板桥杂记》为清代文人余怀所作的短篇笔记，追忆南
京旧院（秦淮河畔妓院）一带种种旧事。

③ 读音为 xiū qī，一种漆状物。

曼丽

庐隐

晚饭以后，我整理了案上的书籍，身体觉得有些疲倦，壁上的时计，已经指在十点了，我想今夜早些休息了吧！窗外秋风乍起，吹得阶前堆满落叶，冷飕飕的寒气，陡感到罗衣单薄；更加着风声萧瑟，不耐久听，正想息灯寻梦，看门的老聂进来报说："有客！"我急忙披上夹衣，迎到院子里，隐约灯光之下只见久别的彤芬手提着皮箧进来了。

这正是出人意料的聚会，使我忘了一日的劳倦。我们坐在藤椅上，谈到别后的相忆，及最近的生活状况；又谈到许多朋友，最后我们谈到曼丽。曼丽是一个天真而富于情感的少女，她妙曼的两瞳，时时射出纯洁的神光，她最崇拜爱国舍身的英雄。今年的夏末，我们从黄浦滩分手以后，一直没有得到她的消息；

只是我们临别时一幅印影，时时荡漾于我的脑海中。

那时正是黄昏，黄浦滩上有许多青年男女挽手并肩在那里徘徊，在那里密谈，天空闪烁着如醉的赤云，海波激射出万点银浪。蜿蜒的电车，从大马路开到黄浦滩旁停住了，纷纷下来许多人，我和曼丽也从人丛中挤下电车，马路上车来人往，简直一刻也难驻足。我们也就走到黄浦滩的绿草地上，慢慢地徘徊着。后来我们走到一株马樱树旁，曼丽斜倚着树身，我站在她的对面。

曼丽看着滚滚的江流说道："沙姊！我预备一两天以内就动身，姊姊！你对我此行有什么意见？"

我知道曼丽决定要走，由不得感到离别的怅惘；但我又不愿使她知道我的怯弱，只得噙住眼泪振作精神说道：

"曼丽！你这次走，早在我意料中，不过这是你一生事业的成败关头！希望你不但有勇气，还要再三慎重！……"

曼丽当时对于我的话似乎很受感动，她紧握着我的手说道："姊姊！望你相信我，我是爱我们的国家，我最终的目的是为国家的正义而牺牲一切。"

当时我们彼此珍重而别，现在已经数月了。不知道曼丽的成功或失败，我因向彤芬打听曼丽的近状，只见彤芬皱紧眉头，叹了一口气道："可惜！可惜！曼丽只因错走了一步，终至全盘失败，她现今住在医院里，生活十分黯淡，我离沪的时候曾去看她，唉！憔悴得可怜……"

我听了这惊人的消息，不禁怔住了。彤芬又接着说道："曼丽有一封长信，叫我转给你，你看了自然都能明白。"说着她就开了那小皮箧，果然拿出一封很厚的信递给我，我这时禁不住心跳，不知这里头是载着什么消息，忙忙拆开看道：

沙姊：

　　我一直缄默着，我不愿向人间流我悲愤的眼泪，但是姊姊，在你面前，我无论如何不应当掩饰，姊姊你记得吧！我们从黄浦滩头别后，第二天，我就乘长江船南行。

　　江上的烟波最易使人起幻想的，我凭着船栏，看碧绿的江水奔驰，我心里充满了希望。姊姊！这时我十分的兴奋，同时十分的骄傲，我想在这沉寂荒凉的沙漠似的中国里，到底叫我找到了肥美的草地水源，时代无论怎样的悲惨，我就努力地开垦，使这绿草蔓延全沙漠，使这水源润泽全沙漠，最后是全中国都成绿野芊绵的肥壤，这是多么光明的前途，又是多么伟大的工作……

姊姊！我永远是这样幻想，不问沙鸥几番振翼，我都不曾为它的惊扰打断我的思路，姊姊你自然相信我一直是抱着这种痴想的。

然而谁知道幻想永远是在流动的，江水上立基础永远没有实现的可能，姊姊！我真悲愤！我真惭愧！我现在是睡在医院的病房里，我十分的萎靡，并不是我的身体支不起，实是我的精神受了惨酷的茶毒，再没方法振作呵！

姊姊！我惭恨不曾听你的忠告，——我不曾再三地慎重——我只抱着幼稚的狂热的爱国心，盲目的向前冲，结果我像是失了罗盘针的海船，在惊涛骇浪茫茫无际的大海里飘荡，最后，最后我触在礁石上了！姊姊！现在我是沉溺在失望的海底，不但找不到肥美的草地和水源，并且连希望去发现光明的勇气都没有了。姊姊！我实在不耐细说。

我本拼着将我的羞愤缄默地带到九泉，何必向悲惨人间饶舌；但是姊姊，最终我怀疑了，我的失败谁知不是我自己的欠高明，那么我又怪谁？在我死的以前，我怎可不向人间忏悔，最少也当向我亲爱的姊姊面前忏悔。

姊姊！请你看我这几页日记吧！那里是我彷徨歧路的残痕；同时也是一般没有主见的青年人，彷徨歧路的残痕；这是我坦白的口供，这是我藉以忏悔的唯一经签……

曼丽这封信，虽然只如幻云似的不可捉摸；但她涵盖着人间最深切的哀婉之情，使我的心灵为之震惊；但我要继续看她的日记，我不得不极力镇静……

八月四日　几个月以来，课后我总是在阅报室看报，觉得国事一天糟似一天，国际上的地位一天比一天低下。内政呢！就更不堪说了，连年征战，到处惨象环生……眼看着梁倾巢覆，什么地方足以安身？

况且故乡庭园又早被兵匪摧残得只剩些败瓦颓垣，唉！……我只恨力薄才浅，救国有志，也不过仅仅有志而已！何时能成事实！

昨天杏农曾劝我加入某党，我是毫无主见，曾去问品绮，他也很赞成。

今午杏农又来了，他很诚挚的对我说："曼丽！你不要彷徨了。现在的中国除了推翻旧势力，培植新势力以外，还有什么方法希望国家兴盛呢？……并且时候到了，你看世界已经不像从前那种死寂，党军北伐，势如破竹，我们岂可不利用机会谋酬我们的夙愿呢？"我听了杏农的话，十分兴奋，恨不得立刻加入某党，与他们努力合作。后来杏农走了，我就写一封信给畹若，告诉他我现在已决定加入某党，就请他替我介绍。写完信后，我悄悄地想着中国局势的危急，除非许多志士出来肩负这困难，国家的前途，实在不堪设想呢……这一天，我全生命都浸在热血里了。

八月七日　我今天正式加入某党了，当然填写志愿书的时候，我真觉得骄傲，我不过是一个怯弱的女孩子，现在肩上居然担负起这万钧重的革命事业！我私心的欣慰，真没有法子形容呢！我好像有所发现，我觉得国事无论糟到什么地步，只要是真心爱国的志士，肯为国家牺牲一切，那么因此国家永不至沦亡，而且还可产生出蓬勃的新生命！我想到这里，我真高兴极了，从此后我要将全副的精神为革命奔走呢！

下午我写信告诉沙姊，希望她能同我合作。

八月十五日 今天彤芬来信来，关于我加入某党，她似乎不大赞成。她的信说："曼丽！接到你的信，知道你已经加入某党，我自然相信你是因爱国而加入的，和现在一般投机分子不同，不过曼丽，你真了解某党的内容吗？你真是对于他们的主义毫无怀疑地信仰吗？你要革命，真有你认为必革的目标吗？曼丽，我觉得信仰主义和信仰宗教是一样的精神，耶稣吩咐他的门徒说，你们应当立刻跳下河去，拯救那个被溺的妇女和婴孩，那时节你能决不踌躇，决不怀疑地勇往直前吗？曼丽，我相信你的心是纯洁的；可是你的热情往往支配了你的理智，其实你既已加入了，我本不该对你发出这许多疑问，不过我们是很好的朋友，我既想到这里，我就不能缄默，曼丽，请你原谅我吧！"

彤芬这封信使我很受感动，我不禁回想我入党的仓促，对于她所说的问题我实在未能详细的思量，我只凭着一腔的热血无目的的向人间喷射……唉！我今天心绪十分恶劣，我有点后悔了！

八月二十二日　现在我已正式加入党部工作了，一切的事务都呈露紊乱的样子，一切都似乎找不到系统——这也许是因我初加入合作，有许多事情是我们不知道其系统之所在，并不是它本身没有系统吧！可是也就够我彷徨了。

他们派我充妇女部的干事，每天我总照法定时间到办公室。我们妇女部的部长，真是一个奇怪的女人，她身体很魁伟，常穿一套棕色的军服，将头发剪得和男人一样，走起路来，腰干也能笔直，神态也不错；只可惜一双受过摧残，被解放的脚，是支不起上体的魁伟：虽是皮鞋做得很宽大，很充得过去，不过走路的时候，还免不了袅娜的神态，这一来可就成了三不像了。更足使人注意的，是她那如洪钟的喉音，她真喜欢演说，我们在办公处最重要的公事，大概就是听她的演说了……真的，她的口才不算坏，尤其使人动听的是那一句："我们的同志们！"真叫得亲热！但我有时听了有些不自在……这许是我的偏见，我不惯作革命党，没有受过好训练——我缺乏她那种自满的英雄气概，——我总觉得我所想望的革命不是这么回事！

现在中国的情形，是十三分的复杂，比乱麻还难清理。我们现在是要作剔清整理的革命工作，每一个革命分子，以我的理想至少要整天地工作——但是这里的情形，绝不是如此。部长专喜欢高谈阔论，其他的干事员写情书的依然写情书，谈恋爱的照样谈恋爱，大家都仿佛天下指日可定，自己将来都是革命元勋，作官发财，高车驷马，都是意中事，意态骄逸，简直不可一世——这难道说也是全民所希冀的革命吗？唉！我真彷徨。

九月三日 我近来精神真萎靡，我简直提不起兴味来，这里一切事情都叫我失望！

昨天杏农来说是芸泉就要到美国去，这真使我惊异，她的家境很穷困，怎么半年间忽然又有钱到美国了？后来问杏农才知道她做了半年妇女部的秘书，就发了六七千元的财呵！这话真使我惊倒了，一个小小的秘书，半年间就发了六七千元的财，那若果要是做省党部的秘书长，岂不可以发个几十万吗？这手腕真比从前的官僚还要厉害——可是他们都是为民众谋幸福的志士，他们莫非自己开采得无底的矿吗？……呵！真真令人不可思议呵！

沙姊有信来问我入党后的新生命，真惭愧，这里原来没有光大的新生命，军阀要钱，这里的人们也要钱；军阀吃鸦片，这里也时时有喷云吐雾的盛事。呵！腐朽！一切都是腐朽的……

九月十日 真是不可思议，在一个党部里竟有各式各样不同的派别！昨天一天，我遇见三方面的人，对我疏通选举委员长的事。他们都称我作同志，可是三方面各有他们的意见，而且又是绝对不同的三种意见，这真叫我为难了，我到底是谁的同志呢？老实说吧，他们都是想膨胀自己的势力，哪一个是为公忘私呢……并且又是一般只有盲目的热情的青年在那里把持一切……事前没有受过训练，唉！我不忍说——真有些倒行逆施，不顾民意的事情呢！

小珠今早很早跑来，告诉我前次派到 C 县作县知事的宏卿，在那边勒索民财，妄作威福，闹了许多笑话，真叫人听着难受。本来这些人，一点学识没有，他们的进党的目的，只在发财升官，一旦手握权柄，又怎免滥用？杏农的话真不错！他说："我们革命应有步骤，第一步是要充分的预备，无论破坏方面，建设方面，都要有充足的人材准备，第二步才能去做破坏的工作，破坏以后立刻要有建设的人才收拾残局……"而现在的事情，可完全不对，破坏没人才，建设更没人才！所有的分子多半是为自己的衣饭而投机的，所以打下一个地盘以后，没有人去作新的建设！这是多么惨淡的前途呢，土墙固然不好，可是把土墙打破了，不去修砖墙，那还不如留着土墙，还成一个片断。唉！我们今天越说越悲观，难道中国只有这黯淡的命运吗？

九月十五日 今天这里起了一个大风潮……这才叫作丢人呢！

维春枪决了！因为他私吞了二万元的公款，被醒胡告发，但是醒胡同时却发了五十万的大财，据说维春在委员会里很有点势力！他是偏于右方的，当时惹起反对党的忌恨，要想法破坏他，后来知道醒胡和他极要好，因约醒胡探听他的私事，如果能够致维春的死命，就给他五十万元，后来醒胡果然探到维春私吞公款的事情，到总部告发了，就把维春枪决了。

这真像一段小说呢！革命党中的青年竟照样施行了。自从我得到这消息以后，一直懊恼，我真想离开这里呢！

下午到杏农那里，谈到这件事，他也很灰心，唉！这到处腐朽的国事，我真不知应当怎么办呢？

九月十七日 这几天党里的一切事情更觉紊乱，昨夜我已经睡了，忽接到杏农的信，他说："这几天情势很坏，军长兵事失利，内部又起了极大的内讧——最大的原因是因为某军长部下所用一般人，都是些没有实力的轻浮少年，可是割据和把持的本领均很强，使得一部分军官不愿意他们，要想反戈，某军长知道实在不可为了，他已决心不干，所以我们不能不准备走路……请你留意吧！"

唉！走路！我早就想走路，这地方越作越失望，再往下去我简直要因刺激而发狂了！

九月二十二日 支党部几个重要的角色都跑尽了，我们无名小角也没什么人注意，还照旧在这里鬼混，但也就够狼狈了！有能力的都发了财，而我们却有断炊的恐慌，昨晚检点皮篋只剩两块钱。

早晨杏农来了，我们照吃了五毛钱一桌的饭，吃完饭，大家坐在屋里，皱着眉头相对。小珠忽然跑来，她依然兴高采烈，她一进门就嘻嘻哈哈地又说又笑，我们对她诉说窘状，她说："愁什么！我这里先给你们二十块，用完了再计较。"杏农才把心放下，于是我们暂且不愁饭吃，大家坐着谈些闲话，小珠对着我们笑道："我告诉你们一件有趣的新闻：你们知道兰芬吗？她真算可以，她居然探听到敌党的一切秘密；

自然兰芬那脸子长得漂亮，敌党的张某竟迷上她了！只顾讨兰芬的喜欢，早把别的事忘了……他们的经过真有趣，昨天听兰芬告诉我们，真把我笑死！前天不是星期吗？一早晨，张某就到兰芬那里，请兰芬去吃午饭，兰芬就答应了他。张某叫了一辆汽车，同兰芬到德昌饭店去。到了那里，时候还早，他们就拣了一间屋子坐下，张某就对兰芬表示好意，诉说他对兰芬的爱慕。兰芬笑道：'我很希望我们做一个朋友，不过事实恐怕不能！你不能以坦白的心胸对我……'张某听了兰芬的话，又看了那漂亮的面孔，真的，他恨不得把心挖出来给她，就说道：'兰芬，只要你真爱我，我什么都能为你牺牲，如果我死了，于你是有益的，我也可以照办。'兰芬就握住他的手说道，'我真感激你待我的诚意，不过我这个人有些怪僻，除非你告诉我一点别人所听不到事情，那我就信了。'张某道：'我什么事都可以告诉你，现我背我的生平你听，兰芬！那你相信我了吧！'兰芬说：'你能将你们团体的秘密全对我说吗？……我本不当有这种要求，不过要求彼此了解起见，什么事不应当有掩饰呢！'张某简直迷昏了，他绝不想到兰芬的另有用意，他便把他的团体决议对付敌人种种方法告诉兰芬，以表示爱意……这真滑稽得可笑！"

小珠说得真高兴，可是我听了，心里很受感动，天下多少机密事是误在情感上呢！

十月一日　在那紊乱的N城，厮守不出所以然来。今天我又回到了上海，早车到了这里，稍吃了些点心，我就去看朋友。走到黄浦滩，由不得想到前几个月和沙姊话别的情形，那时节是多么兴奋！多么自负！……唉！谁想到结果是这么狼狈。现在觉悟了，事业不但不是容易成功，便连从事事业的途径也是不易选择的呢！

回到上海——可是我的希望完全埋葬在N城的深土中，什么时候才能发芽蓬勃滋长，谁能知道？谁能预料呵？

十月五日　我忽然患神经衰弱病，心悸胸闷，整天生气，今天搬到医院里来。这医院是在城外，空气很好，而且四周围也很寂静。我睡在软铁丝的床上，身体很舒适了。可是我的病是在精神方面，身体越舒服眼豫，我的心思越复杂，我细想两三个月的经历，好像毒蛇在我的心上盘咬！处处都是伤痕。唉！我不曾加入革命工作的时候，我的心田里，万丛荆棘的当中，还开着一朵鲜艳的紫罗兰花，予我以前途灿烂的希望。现在呢！紫罗兰萎谢了，只剩下刺人的荆棘，我竟没法子迈步呢？

　　十月七日　两夜来，我只为已往的伤痕懊恼，我恨人类世界，如果我有能力，我一定要让它全个湮灭！……但是我有时并不这样想，上帝绝不这样安排的，世界上有大路，有小路，有走得通的路，有走不通的路，我并不曾都走遍，我怎么就绝望呢！我想我自己本没有下过探路的工夫，只闭着眼跟人家走，失败了！还不是自作自受吗？……

　　奇怪，我自己转了我愤恨的念头，变为追悔时，我心头已萎的紫罗兰，似乎又在萌芽了，但是我从此不敢再随意地摧残了，……我病好以后，我要努力找那走得通的路，去寻求光明。

以前的闭眼所撞的伤痕，永远保持着吧！……

曼丽的日记完了，我紧张的心弦也慢慢恢复了原状，那时夜漏已深，秋扇风摇，窗前枯藤，声更栗！彤芬也很觉得疲倦，我们暂且无言地各自睡了。我痴望今夜梦中能见到曼丽，细认她的心的创伤呢！

地球旅馆

宏景 联合出品

捧读文化
触及身心的阅读

全国总经销

出 品 人　张进步　孙至付

策划监制　程　碧

装帧设计　仙境设计

新 浪 微 博

微信公众号

出版投稿、合作交流，请发邮件至：innearth@foxmail.com

了解新书，图书邮购、团购、采购等，请联系发行电话：010-85805570